Catherine Wilkins wuchs zusammen mit einem jüngeren Bruder, zwei Hunden und einer Katze in Herfordshire auf. Und obwohl ihre Rechtschreibung und ihre Grammatik grauenhaft waren, wollte sie schon immer Schriftstellerin werden. Sie hat bisher als Pizzalieferantin, Versicherungsmaklerin, Supermarktmitarbeiterin, Müllsammlerin, Rezeptionistin, Sekretärin, Kassiererin, Kellnerin, Stand-up-Komikerin und Schriftstellerin gearbeitet. Der Beruf, der ihr dabei bis jetzt am besten gefallen hat, ist der der Schriftstellerin. Sie liebt es, zu reisen und war schon in Amerika, Afrika, Indien, Europa und Kuba. Sie lebt mit ihrem Mann in London und hofft, dass sie noch viele Bücher schreiben und viele Länder bereisen wird.

Catherine Wilkins

meine schrecklich beste freundin

und andere Katastrophen

Aus dem Englischen von Marianne Harms-Nicolai
Mit Illustrationen von Sarah Horne

Oetinger Taschenbuch

MIX
Papier aus verantwortungsvollen Quellen
FSC® C014496

4. Auflage 2020
Oetinger Taschenbuch in der Verlag Friedrich Oetinger GmbH,
Max-Brauer-Allee 34, 22765 Hamburg
April 2017

Originaltitel: »My Best Friend and Other Enemies«

Einband und Illustrationen von Sarah Horne
Umschlaggestaltung: Grafisches Atelier arsEdition
Aus dem Englischen von Marianne Harms-Nicolai
Druck: GGP Media GmbH,
Karl-Marx-Straße 24, 07381 Pößneck, Deutschland
ISBN 978-3-8415-0413-5

www.oetinger-taschenbuch.de

Für Rich, Kim, Suzy und Duncan.
Ich danke euch. C.W.

1. kapitel

»Okay, Jessica, wir gehen jetzt zu McDonald's«, sagt Natalie, als wir alle in der Stadt aus dem Schulbus steigen.

»Super«, sage ich.

»Nein, nein«, grinst Amelia höhnisch. »*Wir* gehen jetzt zu McDonald's. Natalie und ich. Du bist nicht eingeladen.«

Ich fühle mich auf einmal, als hätte mir jemand direkt ins Gesicht geschlagen. Ich habe Angst, dass ich in Tränen ausbrechen könnte. Aber nein, auf keinen Fall, ich werde nicht weinen! Ich bin viel zu wütend, um loszuheulen. »McDonald's gehört nicht dir allein, Amelia«, gebe ich zurück. »Ich brauche da gar keine Einladung. Man muss auch nicht reservieren, um reingelassen zu werden.«

Amelia seufzt und verdreht die Augen. Ich hasse Amelia. Natalie, die, seit wir uns in der ersten Klasse unsere Fingerfarben geteilt haben, angeblich meine beste Freundin ist, scharrt verlegen mit den Füßen.

»Die Sache ist die, Jess. Amelia und ich wollen etwas besprechen«, sagt Natalie.

»Etwas Privates, verstehst du?«, ergänzt Amelia in belehrendem Ton.

»Das macht dir doch nichts aus, oder?«, sagt Natalie. »Wir beide gehen ein andermal zu McDonald's. Nur du und ich. Abgemacht?«

Schachmatt! Darauf lässt sich nichts mehr erwidern. Na ja, ließe sich schon – aber nicht, wenn man sich ein letztes bisschen Würde bewahren will.

»Oh, okay, ich verstehe«, sage ich. »Nein, ganz klar.« Und lächle dabei dieses neue gekünstelte Lächeln, das ich in letzter Zeit schon häufiger benutzt habe. »Dann amüsiert euch mal schön, ihr verrückten Hühner!«, schreie ich ihnen schon fast entgegen, drehe mich um und mache mich auf den Weg nach Hause. (*Verrückte Hühner?* Hätte ich das nur bloß nicht gesagt. Jetzt können sie sich darüber lustig machen.)

Ich könnte heulen – wie immer, wenn Natalie und Amelia ohne mich losziehen, um irgendetwas Neues zu unternehmen.

Ich überlege kurz, ob ich zurückgehen und einfach bei McDonald's auftauchen soll – so nach dem Motto: »Oh, na das ist ja ein Zufall!« Vielleicht lassen sie mich ja dann notgedrungen mitmachen. Aber (a) habe ich kein Geld dabei und (b) habe ich zumindest noch einen *letzten* Rest Stolz in mir. Einen klitzekleinen Rest jedenfalls.

Was ist nur mit Natalie passiert? Mal ganz ehrlich, was hat sie so verändert? Früher haben wir *alles* zusammen gemacht. Und es war genial.

Jetzt scheint sie sich an die Zeiten nicht mal mehr zu erinnern, in denen wir uns in ihrem Wohnzimmer aus Bettlaken eine Höhle gebaut haben, in der wir dann die ganze Nacht gesessen, Brausestäbchen gefuttert und mit unseren Taschenlampen nach Geistern gesucht haben. Ein andermal haben wir uns zwei T-Shirts mit gleichen Regenbögen bemalt

und so getan, als wären wir in einer neuen Kinder-Popband, die sich Scoop, »Der Brüller«, nannte (ich kann mich gar nicht mehr erinnern, wie wir darauf gekommen sind, aber es hat wirklich viel Spaß gemacht). Natalie hat mich noch nie so ignoriert wie jetzt. Sie ist immer für mich da gewesen, *immer*. Einmal hatte meine Mutter einen Bericht über die Risiken von Zusatzstoffen in Lebensmitteln gelesen. Danach durften mein Bruder und ich zwei Wochen lang überhaupt keine Schokolade mehr essen. (Sie gab uns stattdessen Obst für die Schulpause mit. O B S T!) Da war es Natalie gewesen, die jeden Tag einen extra Riegel für mich mitgebracht hat.

Sie ist immer so großartig gewesen. Aber seit Amelia auf unsere Schule geht, hat sie sich total verändert.

Ach, was soll's. Ich brauche die beiden nicht. Ich kann mich auch allein amüsieren. Außerdem habe ich mir für zu Hause jede Menge Sachen vorgenommen. Jede Menge. Wie zum Beispiel … na ja … also … ich meine, da ist … also, zum Beispiel … äh. Hmmm. Okay, das ist kein gutes Zeichen.

Was haben wir denn nach der Schule so gemacht, bevor Amelia aufgetaucht ist und jeden davon überzeugt hat, dass McDonald's jetzt total IN sei?

Also, Nat und ich waren ziemlich viel draußen und haben jede Menge Zeit im Park verbracht. Wir sind extra hoch geschaukelt und hin und wieder haben wir mit den Kindern aus der Nachbarschaft »Ochs am Berg« gespielt. Manchmal haben wir uns geheime Verstecke im Gebüsch gebaut. Aber Amelia hielt das für keine besonders spektakuläre Beschäftigung.

Mal ehrlich. Amelia ist vor sechs Monaten hierher gezogen und hat seitdem nichts als Ärger gemacht (finde ich). Irgendwie scheinen alle anderen zu denken, dass sie total cool ist.

Aber das liegt nur daran, dass sie nicht versucht hat, *ihnen* ihre beste Freundin wegzunehmen.

Nicht, dass sie damit Erfolg gehabt hätte. Natalie und ich sind immer noch beste Freundinnen. Na ja, so was Ähnliches jedenfalls. Wir sind noch beste Freundinnen, aber wir machen halt nicht mehr so viel zusammen wie früher.

Aber egal, der Punkt ist: Ich bin eigentlich genial!

Nur leider erkennt das keiner.

♥ ♥

Ich bin noch nicht lange zu Hause, als ich vor meinem Fenster ein lautes Krachen höre. Ich springe auf und sehe draußen meine Mutter, die gerade über einen Haufen Spielsachen gestolpert ist, die mein kleiner Bruder immer auf dem Rasen im Vorgarten herumliegen lässt.

Sie rappelt sich gerade wieder hoch und das krachende Geräusch wird jetzt von ihrem lauten Geschrei abgelöst. Wutentbrannt fuchtelt Mum mit einem roten Feuerwehrauto in der einen und einem blauen Hüpfball in der anderen Hand herum. Ich schnappe Satzfetzen wie »… schwarze Tonne … das meine ich ernst … habe dich so oft gewarnt …« auf.

Mein Vater öffnet die Haustür und holt meine Mutter ins Haus. Er spricht mit leiser, gedämpfter Stimme, sodass ich kaum hören kann, was er sagt. Ich kann mir aber vorstellen, dass es ungefähr so etwas ist wie »Das müssen doch die Nachbarn wirklich nicht alles mitkriegen«.

Für meine Eltern ist es ganz wichtig, dass sie mit den Nachbarn mithalten können. Das Dumme ist nur, dass unsere direkten Nachbarn, die VanDerks, uns meistens sowieso überlegen sind.

Ihr Rasen im Vorgarten ist viel grüner als unserer und es sind keine Gänseblümchen oder Löwenzahn (oder Spielsachen) darauf verstreut. Ihre Kinder, Harriet und William, lernen Musikinstrumente – und zwar richtig, mit System. Sie üben sogar und scheinen das wirklich ernst zu nehmen. Harriet ist in meinem Jahrgang, also in der Parallelklasse, und ist fast immer in allem die Allerbeste.

Im Haus der VanDerks ist es insgesamt tausendmal entspannter als bei uns. Harriet und William rennen und schreien nicht so viel herum wie Ryan und ich (oder wie früher meine ältere Schwester, die inzwischen schon ausgezogen ist). Und das Auto der VanDerks ist auch viel sauberer. Meine Eltern machen sich hinter deren Rücken manchmal lustig über sie, weil sie ihr Auto immer so penibel putzen. Aber wenn sie von Angesicht zu Angesicht mit den VanDerks sprechen, schleimen sie sich bei ihnen immer geradezu ekelhaft ein.

Ich erinnere mich noch ganz genau daran, wie die VanDerks sich eine neue Stereoanlage gekauft haben. Sie ließen die Verpackung eine ganze Woche lang gut sichtbar vor ihrer Haustür liegen. Mein Vater witzelte verächtlich, dass sie das ganz offensichtlich nur täten, damit wir den Karton sehen und neidisch werden würden, und dass sie sich dafür schämen sollten, so angeberisch zu sein. Aber ich glaube, der wahre Grund für seine schlechte Laune war, dass ihre Stereoanlage einfach viel besser war als unsere (deren Karton wir im Monat zuvor auch eine Woche lang vor der Haustür hatten liegen lassen).

Mal ehrlich. Manchmal finde ich, dass die Erwachsenen sich ziemlich kindisch benehmen. Ich bin elf und ich würde mich niemals mit solchen kleinlichen Rivalitäten abgeben. Na ja, außer vielleicht mit Amelia. Aber das ist ja wirklich nicht meine Schuld.

Amelia ist viel schlimmer als die langweiligen alten VanDerks. Die VanDerks haben mir noch nie gesagt, dass die Farbe meiner Jacke sie an die Farbe von Kotze erinnert. Und sie laden auch ganz sicher nicht Natalie übers Wochenende ein, mich aber nicht, und quatschen dann – während ich danebenstehe! – von all dem Popcorn und der Schokolade, die sie essen werden, während sie sich Filme, die erst ab 16 freigegeben sind, reinziehen. Ich meine, wenn die VanDerks *das* täten, könnte ich ja noch verstehen, dass meine Eltern sich über sie ärgern.

Die Haustür knallt und ich höre meine Mutter laut und deutlich rufen: »Ryan? Ryan! Hörst du mir überhaupt zu?«

Armer Ryan. Er ist erst sechs, wofür er wirklich nichts kann. Ständig steckt er in Schwierigkeiten. Ich meine, er kann einem schon ganz schön auf die Nerven gehen. Aber so ist er eben. Ich glaube, meine Eltern haben beschlossen, dass er das absichtlich macht.

»Oh, ich reagiere über …?« Meine Mutter antwortet damit wohl auf das Bemühen meines Vaters, sie zu beruhigen. »Tee? Das ist ja wohl grundsätzlich deine Antwort auf alles!« (Das stimmt. Mein Vater ist ein sehr großer Tee-Fan.) »Also gut. Schön. Wenn du meinst, dass Tee eine großartige Idee ist, werde ich mich setzen.« Ich warte auf erneutes Geschrei. Aber – nein, das scheint alles gewesen zu sein. Puuuuh. Gut gemacht mit dem Tee, Dad.

Versteht mich nicht falsch, meine Eltern sind reizende Menschen. Wirklich reizend. Aber ganz besonders reizend sind sie, wenn ihre Welt ordentlich und aufgeräumt ist und alles planmäßig verläuft. Wenn das mal nicht klappt, geraten sie immer ein bisschen zu schnell von null auf hundert.

Plötzlich höre ich ein eigenartiges Geräusch. Mein Telefon vibriert irgendwo ganz unten in meiner Tasche. Ich grabe es aus und sehe, dass ich eine neue SMS von Natalie bekommen habe.

Hi, viel zu viel Eis gegessen, ist mir übel LOL. Sei froh dass du nicht mitgekommen bist. CU 2morrow! X

Ich weiß nicht, was ich damit anfangen soll, aber glücklicherweise bleibt es mir erspart, allzu lange darüber nachdenken zu müssen, denn mein Vater ruft die Treppe hoch. »Kinder! Abendessen!«

Ryan und ich öffnen gleichzeitig unsere Zimmertüren und sehen uns an. Ryan trägt seinen Astronautenhelm.

»Alles klar, mein kleiner Astronaut?«, frage ich. Ryan lächelt verlegen und nickt.

Wir gehen nach unten, Ryan etwas zögerlich und verunsichert darüber, ob er vielleicht immer noch in Schwierigkeiten steckt. Ich laufe den Flur entlang und Ryan schleicht wie ein Ninjakrieger auf Zehenspitzen hinter mir her.

Als ich die Küchentür aufmache, ignoriert meine Mutter mich komplett und ruft nur: »Ryan, Schatz! Komm doch mal her, mein Liebling. Es tut mir so leid, dass ich dich angeschrien habe. Drück mich mal, mein Süßer.«

Ryan umarmt meine Mutter und sein Helm knallt ihr dabei auf die Brust und in die Rippen. Sie zuckt vor Schmerz zusammen, sagt aber nichts.

»Helm ab, bitte, Ryan«, sagt mein Vater, der schon am Küchentisch sitzt.

»Aber ich bin ein Astronaut«, sagt Ryan.

»Runter damit. Du kannst froh sein, dass deine Mutter dir nicht mehr böse ist. Es war sehr ungezogen von dir, deine Spielsachen wieder überall herumliegen zu lassen. Du bist also in keiner guten Verhandlungsposition.«

Ich glaube nicht, dass Ryan weiß, was das Wort »Verhandlungsposition« bedeutet, aber er weiß, dass er gerade erst Probleme hatte und es nicht zu schnell wieder auf neue ankommen lassen sollte. Er nimmt den Helm ab und setzt sich an den Tisch. Als hätte es nie Streit gegeben, fängt er an, meinem Vater zu erzählen, wie gut er im Schlagballwerfen ist. Ich wünschte, ich könnte meinen Ärger auch so schnell hinter mir lassen wie Ryan.

»Jessica, Liebes, sagst du Lisa noch einmal vielen Dank für die Blumen, wenn du sie siehst? Das war so nett von ihr«, sagt meine Mutter. Lisa ist Natalies Mutter. Sie hatte ein paar lila Tulpen und weiße Anemonen übrig gehabt, die Natalie und ich letzte Woche in unserem Garten eingepflanzt haben. Meine Mutter liebt die Blumen. Sie sehen echt ziemlich hübsch aus.

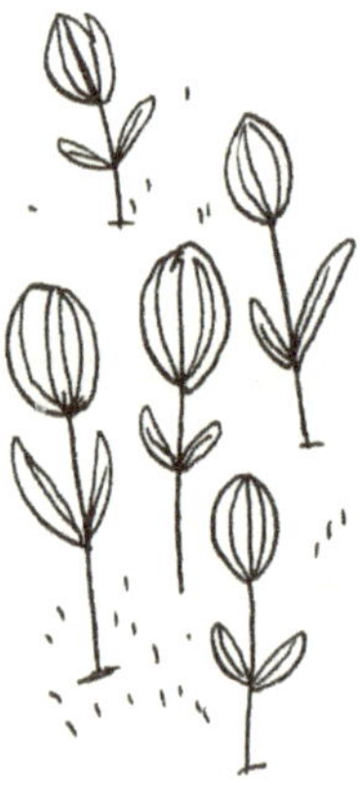

»Ja klar«, antworte ich.

»Ach, oder vielleicht sollte ich sie lieber selbst anrufen, um mich ordentlich bei ihr zu bedanken. Falls du nicht sowieso bald wieder hingehst? Früher warst du ja jeden Abend drüben.«

»Hmmm, ich weiß nicht. Vielleicht ist es besser, wenn du sie anrufst.«

»Willst du am Wochenende denn mit Natalie schwimmen gehen? Wir müssen dir bald einen neuen Badeanzug kaufen, wenn du so weiterwächst.«

»Hmmm, nein, da hat Natalie ein anderes Mädchen zu einer Pyjama-Party eingeladen«, antworte ich.

»Oh, das ist aber schade«, sagt meine Mutter abwesend, während sie mit einem Topf herumklappert.

Mein Vater mischt sich in unser Gespräch ein. »Sprecht ihr über Natalie? Wie geht es ihr? Ich habe das Gefühl, ich habe sie schon ewig nicht mehr gesehen!«

»Du hast sie letzte Woche gesehen, als wir die Blumen eingepflanzt haben«, antworte ich.

»Oh, stimmt. Denkst du daran, dich bei ihrer Mutter für die Blumen zu bedanken?«, erinnert mich mein Vater.

»Ja, Dad«, antworte ich gelangweilt.

»Und wie war dein Tag, Jessica?«, fragt mein Vater weiter, vielleicht weil er das Gefühl hat, dass er jetzt genug über Schlagball gehört hat.

»Hmmm.« Ich zögere. Ich denke kurz darüber nach, ob ich meinem Vater vielleicht davon erzählen soll, dass jeder Tag ein fortwährender Kampf darum ist, mit meiner Eifersucht fertigzuwerden und keine schlimme Szene zu machen. Hmmm. Ich überlege kurz, ob ich ihm Natalies SMS zeigen und ihn fragen soll, ob er sie auch so versteht, dass Nat sich schuldig fühlt, weil sie mich im Stich gelassen hat. Am Schluss entscheide ich mich aber für »Ich habe etwas Neues in Französisch gelernt«. (In meiner Schule lernt man Französisch schon ab der sechsten Klasse. Was eine ziemliche Besonderheit ist.)

Mein Vater sagt »Bon!«, was das einzige französische Wort ist, das er kennt. Meine Mutter bringt unser Abendessen, das aus Bohnen auf Toast besteht, und fordert uns alle auf, ordentlich reinzuhauen.

»Aber Mummy, wir hatten doch gestern erst Toast mit Bohnen«, sagt Ryan und sieht ein bisschen enttäuscht aus, als er sich sein Besteck nimmt.

Meine Mutter blickt Ryan wütend an. »Ryan, bist du der Finanzminister?«, fragt sie ihn sarkastisch.

Ryan guckt, als wäre er sich nicht ganz sicher, ob er lachen soll oder nicht. Auch ich kann nicht sagen, in welche Richtung das gehen wird. »Nein«, antwortet er.

»Ich verstehe«, fährt meine Mum fort. »Bist du dann vielleicht irgendeine Art Wunderkind in Sachen Finanzen?«

Ryan scheint sich der Tatsache zu ergeben, dass er schon wieder Ärger bekommt.

»Nein«, sagt er traurig.

»Ach so«, sagt meine Mutter, als ob ihr das völlig neu wäre. »Dann glaube ich kaum, dass du dir vorstellen kannst, in welcher ernsten Notlage sich die Wirtschaft befindet und warum alle Menschen auf der Welt ihren Gürtel enger schnallen müssen. Du musst nicht halb so viel Elend ertragen wie andere Familien! Hättest du nur eine Ahnung von der Anstrengung, die dein Vater und ich aufbringen müssen, und den für uns damit verbundenen Opfern, damit bei uns das Essen auf den Tisch kommt, dann wärst du sehr froh darüber, dass du wenigstens Bohnen auf Toast bekommst!«

»Ich habe ja nicht gesagt, dass ich es nicht mag«, protestiert Ryan. »Ich *mag* es ja.«

Meine Mutter ignoriert das erst mal. »Die ganze Nation ist vom finanziellen Kollaps bedroht!«

»Das tut mir leid«, sagt Ryan, und ihm ist möglicherweise nicht ganz klar, dass er für diesen Zustand gar nicht persönlich verantwortlich ist.

»Mum, lass ihn doch in Ruhe«, sage ich. »Er hat nur eine harmlose Bemerkung über Bohnen gemacht. Er weiß überhaupt noch nicht, wovon du sprichst.«

»Du hast recht, Liebes. Entschuldige, Ryan«, sagt meine Mutter und beruhigt sich sofort wieder (und das, obwohl ihr niemand eine Tasse Tee gemacht hat). »Aber nur, dass ihr es beide wisst, ab jetzt lebt diese Familie auf Sparkurs.«

2. kapitel

Es stellt sich heraus, dass »auf Sparkurs leben« im Grunde nur bedeutet, dass meine Mutter nicht mehr einkaufen geht, bevor wir nicht alles, was im Kühlschrank ist, aufgegessen haben. Mit einer Ausnahme: Milch. Milch kauft sie noch ein. (Ehrlich, sie ist immer so dramatisch, ich dachte schon, es wäre etwas Schreckliches passiert.)

Als ich am nächsten Tag mit dem Bus zur Schule fahre, frage ich mich, ob ich die einzig Vernünftige in meiner Familie bin. Sie nehmen das alle so ernst. Ryan war besonders darüber entsetzt, dass es vielleicht erst mal keine neuen Süßigkeiten gibt. Hinten im Schrank stapeln sich noch massenhaft Müsli-Riegel, die »nie jemand isst«. Ist ja klar – Müsli-Riegel sind eben Müsli-Riegel.

Außerdem wird es zurzeit wohl eher keine Diskussionen über Taschengeld-Erhöhungen geben. Zum Glück brauche ich nicht viel und werde ja sowieso nie zu McDonald's mitgenommen. Ihr seht, es hat auch sein Gutes, unbeliebt zu sein. Oh Gott, ich hoffe, Natalie und Amelia hatten gestern Abend nicht allzu viel Spaß ohne mich.

Ich bin nervös, als ich in mein Klassenzimmer komme und sehe, wie sie an ihren Tischen sitzen und quatschen. Das wird langsam wirklich lächerlich. Ich finde, ich sollte nicht nervös sein müssen, wenn ich meine eigene Klasse betrete.

»Guten Morgen!«, sage ich fröhlich, als ich hinübergehe und mich hinsetze. Schließlich sind das ja auch *meine* Tische!

»*Oh, hallo*«, sagt Amelia verächtlich, als ob ich ein Fleck auf dem Teppich sei.

»Hey, Jess«, sagt Natalie strahlend. »Hattest du einen schönen Abend gestern?«

Na ja, lass mal sehen. Während du dir den Bauch mit Eis vollgeschlagen hast, hat meine Familie verkündet, dass wir jetzt arm sind und auf Sparkurs leben. »Ja, ja, war ganz okay«, antworte ich vage.

»Und was hast du gemacht?«, fragt Natalie.

»Ach, dies und das«, sage ich. Hauptsächlich Videospiele mit meinem sechs Jahre alten Bruder gespielt. (Wisst ihr, ich bleibe lieber bei der Wahrheit.)

»Übrigens, Jess, bevor ich es vergesse, mein Vater hat gestern Abend im Fernsehen eine geniale Sendung über Dinosaurier aufgenommen.« (Natalie und ich interessieren uns im Moment total für Dinosaurier.) »Scheint echt gut zu sein. Ich habe sie mir noch nicht angesehen. Vielleicht könntest du vorbeikommen und wir gucken sie uns an einem der nächsten Abende mal zusammen an?«

»Total gerne, das wäre einfach super!«, sage ich. »Hey, und wenn wir sie gucken, könnten wir dazu Dinosaurierkekse essen!«

»Ja, genau!«, kreischt Natalie begeistert. »Oder, noch besser – wir backen selbst welche! Das machen

wir – Dinosaurierkekse backen und sie dann essen und uns die Dinosauriersendung anschauen.«

»Ja! Das ist ein genialer Plan«, verkünde ich. »Ich kann's kaum erwarten.« Natalie grinst.

»Wie auch immer«, seufzt Amelia, als wäre das alles nur eine kurze lästige Störung ihrer unglaublich coolen Unterhaltung gewesen. »Wie lustig war das denn, Natalie, als Joe das Eis in seine Cola getan hat!«

»Oh, ich weiß!«, schreit Natalie auf. Beide kichern, als sie sich daran erinnern.

Verstehe ich jetzt nicht. Ich dachte, sie mussten gestern Abend bei McDonald's irgendein blödes, tiefgründiges und bedeutungsvolles Gespräch führen. Das war doch der Grund, weshalb sie gesagt hatten, ich könne nicht mitkommen, oder? War das eine Lüge? Hatten sie mich abgewimmelt, damit sie sich ohne mich mit Jungs treffen konnten?

»Hey, wieso habt ihr denn Joe getroffen?«, frage ich. »Ihr habt doch gesagt …«

»Oh, Joe ist so lustig«, unterbricht mich Natalie. »Er und Daniel sind zum Totlachen.«

Also Daniel war auch noch dabei? Warum haben sie nicht gleich das halbe Basketballteam zu McDonald's eingeladen? Was soll diese Heimlichtuerei, warum wollen sie mich beim Herumalbern und Cola-mit-Eis-Mixen nicht dabeihaben?

»Ja, es ist wirklich lustig mit ihnen«, stimmt Amelia ganz verliebt zu.

Könnt ihr mal damit aufhören, immer wieder zu betonen, wie viel Spaß das alles gemacht hat!

Wisst ihr, was? Im Grunde bezweifle ich, dass es wirklich so lustig war. Ich meine, klar, Joe und Daniel sind super Sportler. Und manchmal sagen sie auch etwas Lustiges im Unterricht, aber *sooo* toll sind sie nun auch wieder nicht. Außerdem finde ich, dass Daniel eine ziemlich blöde Frisur hat, also bitte!

»Ihr habt euch also mit Joe und Daniel bei McDonald's getroffen?«, wage ich mich vor.

»Ja, und es war so witzig, du hättest echt mitkommen sollen, Jess«, sagt Natalie, als ob sie sich absolut überhaupt nicht mehr an die Unterhaltung von gestern Abend erinnert.

»Aber du hast doch selbst gesagt, dass ich nicht mitkommen soll, weißt du noch?«, antworte ich kurz.

»Hab ich das? Oh, ja. Oh, das stimmt. Ja. Amelia und ich hatten etwas zu besprechen. Aber dann haben wir zufällig die Jungs getroffen, und Amelia und ich waren sowieso gerade fertig mit Reden, also haben wir ihnen angeboten mitzukommen, falls sie Lust haben. Ich wollte dir noch eine SMS schicken, dass du kommen sollst, aber dann dachte ich, dass du wahrscheinlich schon zu Hause bist. Es ist wirklich schade, dass du nicht dabei warst. Es hätte dir gefallen.«

Oh ja. Wie schade. Wohl eher: wie verlogen! Kann ich das glauben? Es klingt zumindest plausibel. Ich kann gar nicht mehr einschätzen, ob ich vielleicht zu empfindlich bin.

»Oh, es hat so viel Spaß gemacht!«, seufzt Amelia glücklich. »Natalie, Baby, genau so war es in meiner alten Schule die ganze Zeit«, erklärt sie. (*Baby?*)

»Wir hingen immer zusammen in einer Clique rum. Jungs und Mädels. Na ja, und ich war da so was wie die Anführerin.«

(Oh ja, klar, toll, sie war die Anführerin. Leider können wir das ja nicht nachprüfen. Natürlich, »zu Hause« bin ich das beliebteste Mädchen überhaupt in der Schule.)

»Und ich habe *immer* dafür gesorgt, dass wir alle viel Spaß hatten«, fährt Amelia fort. »Ich war so eine Art Party-Organisator.«

»Das ist so cool«, schwärmt Natalie.

Nein, ist es nicht, denke ich. Halt die Klappe, Natalie.

»Ja«, sagt Amelia und muss Natalie, was ihren Coolness-Faktor betrifft, einfach recht geben. »Da war alles irgendwie viel einfacher. Jeder hat sich mit Mode und so was beschäftigt. Die Leute an *dieser* Schule hier wirken alle ein bisschen kindisch.« Sie sieht mich an. »Diese Schule ist irgendwie lahm.«

»Ja, diese Schule ist total lahm, Baby«, sagt Natalie lachend. (Oh nein, jetzt fängt sie auch noch an, Amelia nachzuahmen.) »Aber gestern Abend, das hat echt viel Spaß gemacht.«

Warum können die nicht endlich mit diesem ewigen »Hat das Spaß gemacht!« aufhören! Mit mir kann man sich doch auch amüsieren! Finden sie, dass es mit mir zusammen keinen Spaß macht? Ist das das Problem? Ich kann auch Eis und Cola zusammenmixen, wenn es das ist, was gerade angesagt ist. (Ich meine, ich könnte es, wenn ich meine Mutter jemals wieder dazu bringen kann, diese beiden Luxusartikel einzukaufen.) Oh nein, die denken wahrscheinlich echt, ich bin langweilig! Ich muss ihnen beweisen, dass ich lustig bin!

Amelia sieht sehr mit sich zufrieden aus und beschließt, ein neues Thema in die Unterhaltung zu werfen. »Also, Natalie, wir müssen noch entscheiden, welche Filme wir für unsere Pyjama-Party ausleihen wollen …«

»Ich mache auch eine Pyjama-Party«, platze ich heraus.

»*Was?*«, sagt Amelia.

»Wirklich?« Natalie klingt beeindruckt.

»Hmmm, ja, na ja, ich habe daran gedacht, eine zu machen. Ich bin mir noch nicht sicher.«

»Also machst du keine«, sagt Amelia. »Ehrlich, manchmal finde ich, du bist eine solche …«

Amelia verstummt, denn Tanya Harris ist hereingekommen.

Ich will ganz ehrlich zu euch sein. Ich habe ein bisschen Angst vor Tanya Harris, aber aus irgendeinem Grund ist sie so etwas wie meine Freundin.

Tanya Harris ist richtig frech und sehr schlecht erzogen. Sie hat Mrs Cole schon einmal ins Gesicht gespuckt (dafür hat sie einen Verweis bekommen) und Amelia Kaugummi in die Haare geschmiert. Ich bin mir ziemlich sicher, dass auch Amelia ein bisschen Angst vor Tanya Harris hat, und ich bin mir ganz sicher, dass das der Grund dafür ist, warum sie mich in ihrer Gegenwart lieber nicht beleidigt.

»Alles klar, Toons?«, schreit Tanya und winkt mir durch den Raum zu.

»Jap!« Ich winke zurück und bin mir völlig dessen bewusst, dass diese Art der Begrüßung bedeutend lauter ist als eigentlich nötig. Aber so ist Tanya eben.

»Respekt. Bis später!«, ruft sie und verlässt den Klassenraum wieder. Nun, das war kurz und knackig. Und laut.

»Also wirklich, ich verstehe nicht, was bei diesem Mädchen schiefläuft«, murmelt Amelia, aber ganz leise. »Sie ist irgendwie total verrückt. Und was soll dieser Spitzname für dich?«

»Sie mag eben meine Cartoons«, antworte ich.

Über die Jahre ist es mir gut gelungen, mir mit meinen ziemlich grandiosen Cartoons das schlimmste Mobbing an der Hillfern Juniors School vom Leibe zu halten. Ein Cartoonist wie mein Idol Matt Groening, das ist es, was ich später mal werden will. Er hat die *Simpsons* erfunden. Und *Futurama.* Und er zeichnet Comic-Hasen. Meine Mutter hat mir erlaubt, einen der Hasen-Comics zu kaufen – obwohl das Wort »Hölle« im Titel vorkommt.

Ich will ja nicht angeben, aber ich konnte schon immer gut

zeichnen. Ich liebe es, wenn wir in der Schule so ein Projektthema bekommen, wie zum Beispiel »Ägypten«. Ich finde es toll, die ganzen Mumien und Sphinxe zu skizzieren; ich kann eine Ewigkeit damit verbringen, sie zu zeichnen. Obwohl mir dann manchmal fast keine Zeit mehr für den schriftlichen Teil bleibt. Leider bekomme ich dann meistens doch nur die schlechteren Noten. Aber das macht mir nichts aus.

Ich *liebe* Zeichnen. Ich kann eine Mickey Mouse und einen Homer Simpson, die richtig professionell aussehen. Ich zeichne sie auf alle meine Bücher und Hefte.

So habe ich es auch geschafft, nicht geärgert zu werden. Die anderen haben alle die Cartoons gesehen und mich gefragt, ob ich sie ihnen auch auf ihre Bücher zeichne. In manchen Pausen standen sie richtig Schlange bei mir!

Als wir uns zum Schuljahrsanfang unseren Tischnachbarn nicht aussuchen durften, musste ich mal neben Tanya Harris sitzen. Ich hatte damals noch richtig Angst vor ihr.

In einer Englisch-Stunde sagte Tanya zu mir: »Ey, Cartoon-Mädchen, zeichne mich doch mal als Cartoon«, und schob mir ihr Schmierheft rüber. Zuerst graute mir davor. Ich dachte, wenn ich sie falsch zeichne und es ihr nicht gefällt, dann wird sie mich in der Mittagspause zusammenschlagen. Andererseits, dachte ich, wenn ich es überhaupt nicht mache, wird sie mich auf jeden Fall in der Mittagspause zusammenschlagen.

Aber ich hatte keine Idee, wie ich sie als Cartoon darstellen könnte. Alles, was ich von ihr wusste, war, dass sie immer wieder Ärger bekam, weil sie in der Schule Schmuck trug, und dass sie hin und wieder jemanden verprügelte. Und ich hielt es nicht für die allerbeste Idee, ausgerechnet dazu einen Cartoon zu zeichnen.

Doch während ich noch darüber nachdachte, erinnerte ich mich daran, dass sie in den Pausen immer ein Schokoladenei aß. Also zeichnete ich sie als Schokoladenei mit Armen und Beinen.

Darunter schrieb ich: »Tanya Harris, wie sie leibt und lebt!« Ich schob ihr das Heft wieder zurück und hielt die Luft an,

während ich auf ihre Reaktion wartete. Bis zum Ende der Stunde sagte sie überhaupt nichts. Dann klopfte sie mir auf die Schulter und sagte: »Wow, das … ist … Hammer … genial!« Sie mochte es. Ich sollte das Gleiche noch einmal auf ein Stück Papier zeichnen, damit sie es innen in ihren Tisch kleben konnte. Bei der ersten Zeichnung zog sie sogar die Linien mit dem Füller nach – ich hatte nur mit Bleistift gezeichnet –, damit sie nicht verblassten.

Aber das Beste daran war, dass sie den Cartoon all ihren Freunden zeigte, die – wie soll ich das sagen – eher zu den schlimmeren Jungs in unserem Jahrgang gehörten. Nun, genau genommen waren das zufällig auch *die* Typen, die mir manchmal »Uuuuuh, Schachclub …« hinterherriefen, und sie hörten alle damit auf.

Man kann also sagen, dass Comics so etwas wie mein Spezialtalent sind. So wie Linda aus unserer Klasse ihre Augenlider von innen nach außen klappen kann. Allerdings ist das ziemlich ekelhaft; ich ziehe meines also vor.

»Ach so, *deshalb*«, sagt Amelia herablassend.

»Jap. Cartoons sind meine geheime Superkraft«, witzele ich.

»Na, dann sei froh, dass du wenigstens *das* kannst«, bemerkt Amelia. »Von Mode hast du nämlich keinen Schimmer.«

3. kapitel

Es gibt nichts Besseres, als den Tag mit einer richtig lustigen Unterrichtsstunde zu beginnen. Und Mathe ist wirklich alles andere als eine richtig lustige Unterrichtsstunde. Nein, ich mache nur Witze.

Obwohl ich Mathe echt nicht leiden kann. Schriftliches Dividieren macht mich krank. Es dauert einfach zu lange, und heutzutage haben doch alle Handys einen Taschenrechner. Warum bringen sie uns nicht einfach nur die Sachen bei, die Technologie nicht leisten kann?

Jedenfalls sitze ich in dieser Stunde neben Cherry. Natalie und Amelia sind am Tisch schräg hinter mir in der Ecke. Wie ich ja schon gesagt habe, zu Beginn dieses Schuljahrs durften wir uns unseren Tischnachbarn nicht selbst aussuchen, weil wir uns anscheinend nur für unsere Freunde entscheiden würden, um dann den ganzen Unterricht mit ihnen zu verquatschen. (Na ja, klar, was sonst?)

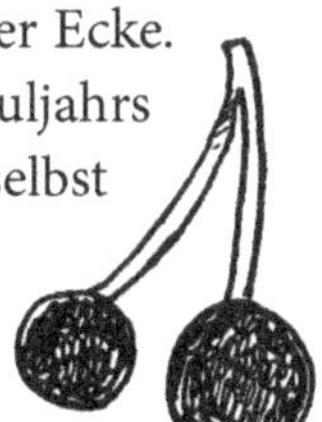

Ich landete also erst mal neben Tanya Harris. Doch sie wurde vor Kurzem umgesetzt, weil die Lehrer fanden, dass sie zu viel aus dem Fenster guckt. *Also echt*, unsere Schule ist geradezu besessen davon, wo wir sitzen. Das ist höchstwahrscheinlich ziemlich ungesund.

Natalie sollte den Platz neben Amelia nehmen, und ich glaube, dass die Lehrer, weil Amelia ja neu war, nicht ahnen konnten, dass die beiden sich so gut verstehen würden. Sie flüsterten in allen Stunden mehr als der ganze Rest der Klasse zusammen. Ich finde, die Lehrer sollten sich eingestehen, dass ihr Plan nach hinten losgegangen ist, und statt Amelia wieder mich neben Natalie sitzen lassen. Sie hatten ja schließlich auch kein Problem damit, Tanya Harris wieder umzusetzen.

Eigentlich ist es mir aber auch egal. Ich sitze gerne neben Cherry. Sie ist mit mir im Schachclub. Cherry ist still und schüchtern, aber sehr nett und immer ehrlich. (Amelia nennt Cherry hinter ihrem Rücken manchmal fett, aber Cherry sagt immer, ihr tun diese »Idiotinnen von Stabheuschrecken« leid.) Cherry ist außerdem clever und meistens schneidet sie in Tests und so besser ab als Amelia. Vielleicht ist das ja der wahre Grund, weshalb Amelia manchmal gemein zu ihr ist. Wenn ich es mir recht überlege, ist Cherry in Tests und so meistens auch besser als Natalie. Ich hatte schon häufiger das Gefühl, dass Natalie Cherry und den Rest des Schachclubs nicht gerade besonders mag. Ich frage mich, ob es wohl daran liegt.

Das ganze Schuljahr über müssen wir im Unterricht immer auf dem gleichen Platz sitzen. Anders ist es nur in den Stunden, die in anderen Räumen stattfinden, wie Kunst oder Sport (da ist es ja klar). Ich bin also regelrecht gezwungen, mich nach anderen Partnern umzuschauen, wenn es im Unterricht darum geht, Sachen zu zweit zu machen. Tatsächlich habe ich jetzt irgendwie mehr Freunde als früher, bevor Amelia auf unsere Schule gekommen ist. Ich kenne viel mehr Leute als Natalie und Amelia, weil die beiden immer nur entweder zusammen und mit ein paar anderen von diesen eingebildeten Mädchen rumhängen. (Oh, und jetzt ja wohl auch noch mit *Joe* und *Daniel*.)

»Also gut, jeder von euch sollte jetzt ein Blatt Papier vor sich auf dem Tisch liegen haben«, sagt Mrs Cole und geht in den vorderen Teil des Raums zurück. »Der Test fängt genau … jetzt … an. Es wird nicht gesprochen.«

Also ehrlich, ein Test. Fängt man so einen Donnerstagmorgen an? Das ist unmenschlich. Wenn wir nicht gleich noch Kunst hätten, wäre ich jetzt echt ein bisschen angenervt.

Aus Natalies und Amelias Ecke des Raums hört man ein unterdrücktes Kichern. Ich schaue kurz hinüber und sehe, wie die beiden sich gegenseitig hin und her schubsen und dabei versuchen, nicht zu lachen. Mrs Cole ist noch immer vorne im Klassenzimmer und hat nichts bemerkt.

Ich konzentriere mich auf meine Mathe-Fragen. Typisch. Sie amüsieren sich sogar bei einem grässlichen Mathe-Test.

Das Gekicher wird lauter, und man hört, wie ein Tisch verrückt wird. Mrs Cole nimmt immer noch nichts wahr. Ich schaue wieder zu Natalie und Amelia nach hinten und bemerke dabei, dass Tanya Harris ihnen mit gerunzelter Stirn einen angewiderten Blick zuwirft. Plötzlich schießt ihre Hand nach oben.

»Entschuldigen Sie bitte, Miss?«, sagt sie.

»Was gibt es denn, Tanya?«, fragt Mrs Cole.

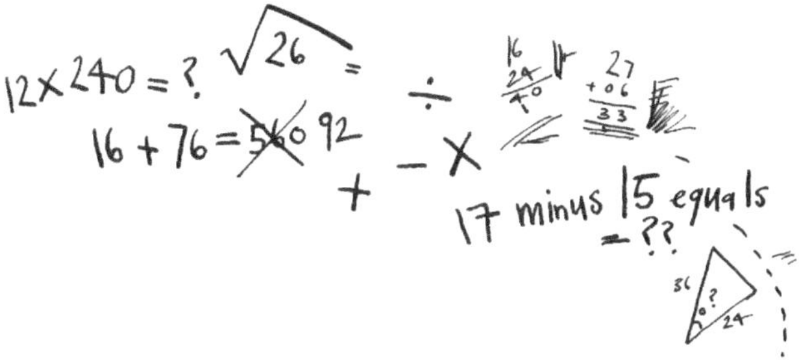

»Ich glaube, Natalie und Amelia schummeln bei ihrem Mathe-Test, Miss. Sie flüstern die ganze Zeit, gucken mich dann an und fangen an zu lachen. Sie sollten besser vorsichtig sein, oder, Miss? Leute auszulachen ist ziemlich unhöflich, oder? Sie könnten dafür allen möglichen Ärger kriegen.«

Natalie und Amelia werden knallrot und hören sofort auf herumzualbern. Sie wirken ziemlich verängstigt. Es klingt so, als hätte Tanya ihnen gerade eben, mitten in der Mathe-Stunde und mit jeder Menge Zeugen, *ernsthaft* gedroht. Eine angespannte Stimmung erfüllt den Raum. Alle sehen Natalie und Amelia an. Auch Mrs Cole mustert sie mit eisigem Blick.

»Nun, ich hoffe wirklich, dass in meinem Unterricht niemand schummelt. Macht jetzt bitte mit eurer Arbeit weiter.«

Nur ungern wenden sich alle wieder dem Mathe-Test zu. Natalie und Amelia kichern für den Rest der Stunde kein einziges Mal mehr.

Als es klingelt und wir alle einer nach dem anderen in die Pause gehen, fängt Tanya mich an der Klassentür ab und will mit mir darüber quatschen, wie viele Antworten sie wohl richtig haben könnte. Sie wirkt etwas abwesend, und mir wird klar, dass sie eigentlich nur Amelia und Natalie abfangen will, um ihnen noch ein bisschen mehr die Hölle heiß zu machen.

Plötzlich bricht sie mitten im Satz ab. »Aha, sieh mal an, wer da kommt. Mr und Mrs Superangeber.« Natalie und Amelia ignorieren sie mit knallroten Gesichtern. Als wäre nichts geschehen, versuchen sie, schnell an uns vorbeizugehen. »Ja klar, geht ruhig weiter, macht nur weiter, so ist's richtig«, ruft Tanya ihnen hinterher, als sie mit eingezogenen Köpfen den überfüllten Korridor hinuntereilen. »Immer weiter so, und wagt es ja nicht, noch ein einziges Mal in Mathe über mich zu lachen!«

»Hey, Tanya, komm mal wieder runter«, sage ich. »Natalie ist meine beste Freundin.«

»Oh, wirklich?« Tanya ist für einen Moment perplex. »Und was ist mit der Neuen da? Majestät Amelia die Eingebildete? Also, die kann ich überhaupt nicht leiden. Ganz ehrlich. Du weißt doch, was sie denkt, oder?«

»Was denn?«

Und dann erzählt Tanya, was sie denkt, was Amelia denkt.

Ich werde das hier jetzt nicht alles wiederholen, aber sie glaubt, dass Amelia sich für so elegant hält, dass sogar ihre Kacke nach Parfüm duftet.

Ich kann nicht anders, ich muss einfach lachen. Ich mag Amelia nicht und sie *ist* gemein und sie geht mir oft tierisch auf die Nerven. Sie ist aber immer noch die Neue in der Klasse, und ich denke, das muss schwer sein. Sowieso fühle ich mich immer schlecht, wenn auf irgendjemandem herumgehackt wird. Besonders wenn es so aussieht, als wäre ich daran beteiligt. Was ich nicht bin.

Die ganze Pause über kann ich weder Natalie noch Amelia finden. Ich hoffe, sie sind nicht sauer auf mich. Ich hoffe, sie denken nicht, dass ich mit Tanyas Verhalten einverstanden bin.

Vielleicht sollte ich Natalie sicherheitshalber eine SMS schreiben, nur für den Fall? Aber was genau soll ich ihr schreiben? Es klingelt zum Ende der Pause und ich werde panisch. Ich schreibe schnell:

Hoffe, alles OK. Sind noch beste Freunde, oder? Love, J.

Also, wenn ich jetzt so drüber nachdenke, ist das ganz schön kitschig. Und möglicherweise auch ein bisschen zu unterwürfig. Hmmm. Manchmal denke ich, es wäre gut, wenn es einen »Text zurückholen«-Knopf am Handy gäbe. Das sollte mal jemand erfinden. Ich … Oooh, Natalie hat schon zurückgeschrieben!

Klar sind wir das. Best friends 4eva!
Alles andere bildest du dir ein, du irre Nuss. X

Puh. Kunst. Heute zeichnen wir Blätter. Ich zeichne viel lieber Menschen als leblose Sachen. Ehrlich gesagt, interessieren mich Blätter überhaupt nicht. Meinetwegen könnten sie auch einfach ab-blättern, wenn sie wollten. Haha. Ich bin heute echt *gut drauf.*

In Kunst sitze ich immer neben Joshua. Joshua ist witzig und groß. Irgendwie sieht er gut aus und er kann super Basketball spielen. Seht ihr, ich habe euch ja schon erzählt, dass ich meine Fühler ausgestreckt und alle möglichen neuen Freunde gefunden habe. Obwohl ich mir nicht sicher bin, ob Joshua wirklich so etwas wie ein Freund von mir ist.

Einmal, zu Beginn des Halbjahrs (und weil wir ungefähr zu sechst an unserem Tisch sitzen), dachte ich, es wäre ganz nett, das Eis zu brechen. Und weil das mit dem »Was würdest du lieber machen?«-Spiel immer gut klappt, fragte ich ihn: »Würdest du lieber ein Jahr lang in einem Gewächshaus oder in einem Iglu leben?« Aber er sah mich nur an, als wäre ich völlig verrückt, und sagte: »Weder noch.«

Trotzdem traf das Spiel ins Schwarze, denn den anderen (Terry, Emily, Megan und Fatimah) machte es viel Spaß. Als Terry Joshua dann fragte, was ihm lieber wäre: keine Zähne oder keine Haare zu haben, hatte auch Joshua es kapiert und sagte, er hätte lieber eine Glatze. Trotzdem traute *ich* mich nicht mehr, ihm noch weitere Fragen zu stellen, weil ich annahm, dass er mich noch einmal so ansehen würde, als wäre ich durchgedreht.

Aber vielleicht mag er ja meine Blätter-Witze. Ich zögere und kann mich nicht entscheiden. Doch ganz plötzlich fängt mein Mund ohne meine Erlaubnis an zu quatschen. »Hey, Joshua?«, sage ich.

»Ja?«

»Ich habe echt keine Lust, diese Blätter hier zu zeichnen. Meinetwegen könnten sie auch ab-blättern!«

»Super«, sagt Joshua sarkastisch. »Der war der Hammer«.

Aber Terry hat gelauscht und sagt viel lauter: »Hey, ich habe echt keine Lust, diese Blätter hier zu zeichnen. Meinetwegen könnten sie auch abblättern!« Es entwickelt sich eine kleine Welle von Gelächter rund um Terry, und einige Leute von den anderen Tischen drehen sich nach ihm um. (Terry ist ein Witzedieb! So eine Gemeinheit.)

»Etwas leiser bitte, danke, Terry«, sagt Mrs Cooper, unsere Kunstlehrerin, und kommt zu uns herüber.

»Übrigens, du *musst* sie ja auch gar nicht zeichnen. Du kannst genauso gut gehen und ein bisschen im Flur stehen oder vor meinem Büro.«

Terry entschuldigt sich nicht. Er grinst nur breit und freut sich über die Aufmerksamkeit, die er plötzlich bekommt. Emily und Fatimah sagen ihm, dass er »ganz schön dreist« ist, aber das lässt ihn nur noch zufriedener aussehen.

»Siehst du, Terry hat's gefallen«, sage ich trocken zu Joshua.

Joshua sieht mich an und lächelt. »Ich glaube, du solltest besser bei deinen Cartoons bleiben«, sagt er.

So ein Blödmann!, denke ich. Also ehrlich, Joshua hält sich für sooo cool.

»Heißt das, du magst meine Cartoons?«, frage ich. Ungerührt betrachtet er mich einen Moment lang.

»Das heißt, meinetwegen könnten auch deine Witze ab-blättern«, antwortet er.

Dann versucht er weiterzuzeichnen. Dabei drückt er aber versehentlich mit seinem Stift so fest auf, dass er abbricht und sich quer über sein ganzes Blatt eine lange Linie zieht. Ha!, denke ich insgeheim. *Jetzt* bist du doch nicht mehr so cool, was? Ach, was soll's, warum sollte mich das interessieren?

Und mal ganz ehrlich, für einen Witz, der eigentlich Schrott ist, wurde er innerhalb von zwei Minuten doch schon ziemlich oft geklaut, denke ich so für mich.

»Hey, Jessica«, sagt Emily. »Ich habe das Spiel gestern mal mit meinem Stiefvater ausprobiert. Ich habe gesagt: ›Willst du lieber eine Schüssel lebender Spinnen essen oder drei Tage lang gar nichts?‹ Und er hat geantwortet: ›Die Spinnen!‹ Ich habe meiner Mutter schon immer gesagt, dass er ganz schön gruselig ist.«

Die Mädchen, mit denen ich in Kunst an einem Tisch sitze, bringen mich echt immer zum Lachen. Emily ist ein bisschen offener als Megan und Fatimah. Sie macht sich keine großen Gedanken darüber, was sie sagt, aber Megan und Fatimah sind fast immer ihrer Meinung.

Sie sind ganz anders als Natalie. Es interessiert sie gar nicht, ob sie cool sind. Sie sind auch anders als Cherry und meine anderen Freunde aus dem Schachclub, denn es macht ihnen auch nichts aus, wenn sie auf Fragen nicht immer die richtige Antwort wissen. Tatsächlich interessiert es Emily kein bisschen, ob sie etwas Falsches sagt. Sie lacht nur darüber und macht einfach weiter.

Ich lache. Ich kann richtig fühlen, wie ich mich entspanne, während ich meine Blätter zeichne. Ehrlich, Kunst macht *so viel mehr* Spaß als Mathe. Ich wünschte, ich könnte für immer hier bei diesen vergleichsweise normalen Leuten bleiben, statt Natalie und Amelia beim Mittagessen ausfindig machen zu müssen.

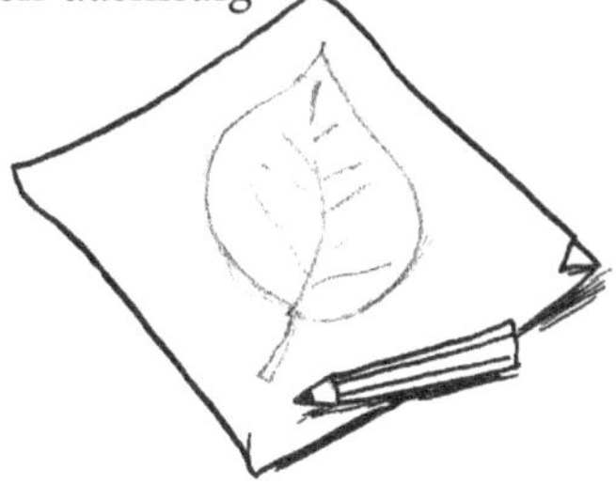

4. kapitel

Wenn ich mal ehrlich bin, wird das Mittagessen langsam zu einer richtigen Qual. Ich weiß, eigentlich sollte es das Highlight des Tages sein, aber auch schon ohne Natalies und Amelias Gemeinheiten sind für mich viele Probleme damit verbunden.

Ich lebe (wie meine Mutter sagen würde) im »falschen Vermögenssegment, um mir etwas von dem Besten leisten zu können«. Im Grunde sind wir nicht arm genug, um ein kostenfreies Mittagessen beanspruchen zu können, aber doch immer noch arm genug, dass meine Mutter mir nicht genug Geld mitgeben kann, um mir das »bessere« Essen kaufen zu können. Ich kann mir Krautsalat und gebackene Kartoffeln leisten, aber keine Lasagne. (Obwohl ich, wie meine Mutter betont, froh sein sollte, auf eine Schule gehen zu können, die überhaupt Lasagne serviert, auch wenn *ich* sie mir leider nicht leisten kann.)

Kann sein, dass ich mein Essen bald sowieso immer von zu Hause mitnehmen muss. Kommt drauf an, wie es mit dem Sparkurs meiner Familie weiterläuft. Ich hoffe, gut. Ich esse immer noch lieber gebackene Kartoffeln als Müsli-Riegel.

Ich suche überall nach Natalie und Amelia, kann aber nirgends eine Spur von ihnen entdecken. Also setze ich mich schließlich mit Cherry und einigen anderen Mitgliedern aus dem Schachclub zusammen. Das ist eigentlich sehr lustig. Cherry erzählt mir von einer brillanten neuen Schachmatt-in-vier-Zügen-Sache, von der sie gehört hat, und kann es nicht abwarten, sie auszuprobieren. Außerdem gibt sie mir ein paar von ihren Pommes ab.

Als ich nach dem Essen wieder zurück in die Klasse gehe, entdecke ich Natalie und Amelia. »Ach, hier seid ihr!«, rufe ich. »Wo wart ihr denn? Ich habe euch überall gesucht!«

»Hast du nichts Besseres zu tun, als ständig nach uns zu suchen? Du musst ja ein sehr aufregendes Leben haben«, sagt Amelia trocken.

Ich schaue zu Natalie hinüber, nur für den Fall, dass sie Amelia vielleicht sagen möchte, sie solle etwas netter zu mir sein, was sie manchmal tut – aber sie sagt gar nichts.

»Ich hatte schon Angst, ihr wärt sauer auf mich oder so was«, wage ich mich ein bisschen nervös vor.

»Warum sollten wir sauer auf dich sein?«, fragt Amelia.

»Ich weiß nicht«, sage ich. »Es kam mir nur so vor, als würdet ihr mir irgendwie aus dem Weg gehen, oder so.«

»Dir aus dem Weg gehen?«, sagt Amelia mit einem breiten Grinsen.

»Oder so«, wiederhole ich.

»Nein, wir gehen dir nicht aus dem Weg, Jess, wir mussten uns nur um ein paar Sachen kümmern«, sagt Natalie, und die beiden wechseln einen Blick, dann grinsen sie.

Was ist denn hier los? Was machen sie eigentlich die ganze Zeit ohne mich? Ich hoffe, nicht irgendetwas so Schreckliches, wie mit Joe und Daniel hinter den Sporthallen zu knutschen, oder so.

Amelia scheint sehr zufrieden darüber zu sein, dass ich so bestürzt und verunsichert bin, und blickt Natalie mit hochgezogenen Augenbrauen an, um ihr zu signalisieren, dass sie ihr Gespräch jetzt eigentlich weiterführen können.

»Ja, also, Nat, mein Vater versucht dann, die Tickets für MBlaze für uns zu bekommen«, sagt sie.

Natalie klatscht in die Hände. »Oh, ich bin ja *so* aufgeregt!«, quietscht sie.

Einen Moment mal, bitte. Nur einen verdammten kleinen Moment mal. Natalie und ich *hassen* MBlaze!

MBlaze, das ist diese Boyband, die wir beide schon immer total öde fanden. Sie tragen alle die gleichen weißen Hemden und halten sich für besonders harte Typen, singen aber andauernd Balladen über das Weinen, weil sie alle ständig so wahnsinnig unglücklich verliebt sind. Ich muss kotzen, wenn ich sie nur höre!

Natalie und ich hatten uns schon die ganze fünfte Klasse über sie lustig gemacht. Wir waren uns einig, dass, wenn ihre Heulerei darüber, dass sie sich von der Liebe so schlecht behandelt fühlen, alles ist, worüber sie singen können, sie vielleicht lieber mal versuchen sollten, für eine Weile Single zu bleiben und sich stattdessen ein paar Hobbys zuzulegen – und mit der ständigen verdammten Singerei endlich Schluss zu machen!

Aber dann fingen einige Mädchen aus der Sechsten an, Poster von Ricky zu tauschen, die MBlaze-Art zu tanzen zu lernen und ihre Doppelhochzeiten mit Ricky und Baz zu planen. Aber Natalie und ich fanden sie immer noch genauso öde wie vorher und taten ja auch niemandem weh, wenn wir dazu standen. Da konnte sie sie doch jetzt unmöglich auf einmal gut finden!

»Das ist nicht dein Ernst«, rufe ich.

»Warum nicht?«, fragt Amelia.

»MBlaze ist doch *so öde*!«, sage ich.

»Mein Gott, und du bist *so zurückgeblieben*«, stöhnt Amelia.

»Oh, komm schon, Nat, du magst sie doch jetzt nicht auf einmal, oder?«

»Na ja, ich finde, ihr letzter Song war schon ziemlich super«, sagt Natalie.

»Das war er nicht«, beharre ich. »Sie jammern immer noch über ihre gebrochenen Herzen. Weißt du nicht mehr, was wir immer gesagt haben? Dass das der totale Müll ist? Erinnerst du dich nicht mehr, dass wir immer fanden, sie sollten sich lieber mal ein paar Hobbys zulegen?«

»Hör mal, Jessica, Leute verändern sich. Mir gefallen sie jetzt eben«, sagt Natalie trotzig.

»Nicht jeder hat immer noch die gleichen Ansichten wie mit neun«, sagt Amelia, was wenig hilfreich ist.

»Also, nur weil ich irgendeine bescheuerte Boyband nicht leiden kann, bin ich noch lange nicht zurückgeblieben!«, gebe ich zurück. Ich fühle, wie mir ganz heiß wird. Ich frage mich, ob ich wohl rot werde.

»Wenn du meinst …«, sagt Amelia. »Aber hör mal, warum lässt du Natalie jetzt nicht einfach in Ruhe und hörst damit auf, ihr zu sagen, was sie mögen soll und was nicht? Warum lässt du uns nicht einfach allein?« Sie macht mit der Hand eine abweisende Bewegung in meine Richtung. »Los doch, hau schon ab.«

»Wage es bloß nicht, so mit mir zu sprechen, Amelia!« Jetzt schreie ich fast. »Du bist eine solche Idiotin!«

»Jess! Sprich nicht so mit Amelia!«, sagt Natalie. (Und was

ist mit der Art, in der Amelia mit mir spricht? Wie kann sie das in Ordnung finden?)

»Wie bitte?«, frage ich und bin total durcheinander.

»Weißt du, du bist wirklich kindisch«, sagt Natalie. «Amelia hat ganz recht, was dich betrifft.« (Nein, hat sie nicht!) »Ich bin so was von froh, dass du nicht in unserer Geheimbande bist!«

Natalie schlägt im selben Moment die Hände vor ihrem Mund zusammen, so als hätte ihr das nicht herausrutschen dürfen. Amelia wirft ihr einen langen Blick zu. Ich fühle mich plötzlich seltsam kraftlos, als wäre mir irgendwie der Wind aus den Segeln genommen worden.

»Ihr seid in einer … Bande?«, frage ich leise.

»Geheimbande«, korrigiert mich Amelia. »In die *du nicht* aufgenommen wirst.«

»In die ich auch gar nicht aufgenommen werden *will!*«, lüge ich. »Also wirklich, und ihr behauptet, ich wäre kindisch. Wie heißt sie denn, eure geheime Bande? Die *Pink Ladies*?«, versuche ich, überlegen zu klingen.

»O-M-G, nein! Das ist ja so was von abgeschmackt«, sagt Amelia.

»Sie heißt CAC, wenn du's genau wissen willst«, sagt Natalie. »Das steht für Coole Abgefahrene Chicks.«

»Das heißt also *Kack*«, sage ich.

»Wie bitte?«, fragt Amelia.

»Die Anfangsbuchstaben eurer Bande sind CAC, gesprochen klingt das wie *Kack*. Stört euch das nicht irgendwie?«

»Man sagt ja auch nicht CAC, sondern C-A-C«, sagt Natalie.

»Außerdem hat dich niemand um deine Meinung gebeten«, sagt Amelia.

»Wie lange bist du denn schon in dieser Bande?«, frage ich Natalie leise.

»Na ja, erst haben wir ewig darüber nachgedacht, aber seit heute ist es offiziell«, antwortet sie.

In diesem Moment fühle ich mich, als hätte mich ein geliebter Mensch verlassen. Als hätten Natalie und Amelia soeben ihre Verlobung verkündet. Was dem, was gerade passiert war, glaube ich, ziemlich nahekommt.

Das Gefühl ist ein bisschen so, als hätte ich schon seit Jahren mit der Angst davor gelebt, dass das passieren könnte. Irgendwie ist es fast besser so. *Oh nein*, natürlich ist es nicht besser so. Mir wird übel. Ich weiß nicht, ob ich eher verletzt oder wütend bin. Vielleicht ist *das* das Gefühl, das meine Mutter beschreibt, wenn sie immer sagt: »Also, das ist wirklich die *Hölle* !«

Aber wisst ihr, was? Trotz einer solchen Niederlage bewahre ich noch die Fassung. Also, wahrscheinlich. »Na dann, vielen Dank, dass ich jetzt Bescheid weiß«, sage ich. »Dann überlasse ich euch zwei mal eurer Bande.« Ich stehe auf, um zu gehen.

»Ach, sei doch nicht so, Jessica. Wir sind doch trotzdem noch die allerbesten Freundinnen«, sagt Natalie.

Ganz ehrlich, *das* hier *ist* die Hölle!

»Wir können doch wohl kaum die allerbesten Freundinnen sein, wenn ich noch nicht mal in eurer bescheuerten Bande mitmachen darf«, kontere ich.

»Natürlich können wir das, wir haben doch einfach nur unterschiedliche Interessen. Ich beklage mich ja auch nicht, dass du ständig in deinen Schachclub gehst.« (Eigentlich hat Natalie sich deswegen schon oft beklagt. Sie hat so oft gesagt, es sei wirklich nervig, dass ich mittwochs nie Zeit für sie hätte.)

»Aber das ist doch etwas völlig anderes!«, rufe ich. »Du hät-

test jederzeit mit in den Schachclub kommen können, wenn du gewollt hättest. Aber ihr beide schließt mich *mit Absicht* aus eurer Bande aus.«

»Warum«, sagt Natalie, »sollte ich mit einem Haufen von Schachclub-Klugscheißern rumhängen wollen?«

Amelia lacht. »Ich frage mich schon lange, warum sie *dich* da eigentlich mitmachen lassen. Du hast doch gar keine Ahnung von Schach.«

Ich lasse Amelia erst mal links liegen und bohre weiter. »Schau mal, Nat, ich würde dich nie absichtlich von irgendetwas ausschließen, das ich tue. Das ist gemein. Du wolltest doch meine beste Freundin sein. Du hast selbst gesagt, dass wir für immer die allerbesten Freundinnen sind.«

»Oh, *buuuh, huuuh*«, sagt Amelia.

»Ach, selber buuuh, huuuh«, schnauze ich zurück. »Das muss ich mir wirklich nicht antun.« (Ich bin mir nicht sicher, warum ich das sage.) »Also dann, ein schönes Leben noch«, füge ich sarkastisch hinzu und gehe. Würdevoll noch in der Niederlage. Oh ja!

Sobald ich die Klasse verlassen habe, renne ich auf direktem Weg zu den Mädchentoiletten und schließe mich in einer der freien Kabinen ein.

Oje. Was soll ich jetzt nur tun? Mal ganz im Ernst. Was mache ich nur? Ich könnte hier auf der Toilette bleiben und weiterweinen, schätze ich; das wäre immerhin eine Möglichkeit. Aber das funktioniert nur bis Viertel nach eins. Danach muss ich noch zu Geschichte.

Was soll ich bloß machen?

Das ist jetzt wirklich absolut die *Hölle*.

5. kapitel

Also, für alle, die es genau wissen wollen: Schlussendlich bin ich doch wieder aus der Toilette herausgekommen. Ich habe da drin ungefähr zehn Minuten lang versucht, meine Gedanken zu sortieren und mich zu sammeln. Dabei schwankte ich ständig zwischen Trauer und Wut.

Sie hatten eine Bande gegründet, ohne mich. Sie hatten ohne mich eine *Bande* gegründet! Ich konnte das einfach nicht glauben. Ich kann es immer noch nicht glauben. Gerade sitze ich im Bus nach Hause und der Satz geht mir immer und immer wieder durch den Kopf.

Der Nachmittagsunterricht ist wie im Flug vergangen. Ich kann mich an gar nichts mehr erinnern. Ich habe überhaupt nicht aufgepasst. Jetzt sitze ich hier im Bus und fühle mich wie benommen. Und bin irgendwie immer noch wütend. Ich fühle mich angriffslustig. Ich glaube, ich will mich rächen. Vielleicht sollte ich sie in Zukunft einfach ignorieren?

Anderseits sehe ich nicht wirklich, was mir das bringen soll, wenn ich nicht mehr mit ihnen herumhänge.

Das wollen sie doch nur erreichen. Damit tue ich ihnen auch noch einen Gefallen. Was spielt das Universum da für ein Spiel mit mir? Weiß es denn nicht, wer ich bin? Ich bin etwas *ganz*

Besonderes. Ich verdiene diese schäbige Behandlung nicht. Hörst du mich, Universum? Ich finde, ich habe diese schäbige Behandlung nicht verdient! Ich bin ein netter Mensch. Was ich verdiene, ist Lasagne zum Mittagessen, keine Müsliriegel, und eine beste Freundin, die mich wirklich mag. Ohhh! Das Leben ist so was von gemein!

Als ich nach Hause komme, sehe ich meine Mutter im Vorgarten über die kleine Hecke hinweg mit den VanDerks plaudern. Je näher ich komme, umso besser erkenne ich den leicht gequälten Ausdruck in ihrem Gesicht, und angestrengt lächelt sie ein falsches Lächeln.

»Grüß dich, liebe Jessica«, sagt Mr VanDerk freundlich, als ich fast bei ihnen bin. »Ich hab's eben auch schon deiner Mutter erzählt: Ich habe deine Schwester in der Zeitung gesehen.«

»Hallo, Liebes … Aber nur in der *Lokal*zeitung«, spielt meine Mutter die Sache herunter.

(Meine ältere Schwester Tammy ist schon von zu Hause ausgezogen. Wir sehen sie nicht gerade oft. Tammy und meine Eltern verstehen sich nicht besonders gut.)

»Was hat sie denn gemacht?«, frage ich.

»Sie hat sich an einen Baum gefesselt!«, ruft Mrs VanDerk und lacht dann kreischend los. Auch Mr VanDerk erlaubt sich einen kleinen Gluckser.

»Sie war an irgendeiner Umweltschutz-Protestaktion beteiligt«, erklärt meine Mutter.

»So ein verrücktes Benehmen!«, bemerkt Mr VanDerk. »Sind Sie sicher, dass sie Ihnen als kleines Kind nicht mal auf den Kopf gefallen ist?« Beide Nachbarn kichern.

Meine Mutter lacht jetzt ihr falschestes Lachen überhaupt und antwortet: »Nein, ganz im Gegenteil, wir haben sie dazu *erzogen*, immer für ihre Überzeugungen zu kämpfen. Und wir sind ganz begeistert davon, wie gut sie das macht.«

Die VanDerks tauschen ein paar Blicke aus. »Oh, ach so, ja, natürlich«, sagt Mrs VanDerk.

Meine Mutter nutzt ihre kurzfristige Überlegenheit aus. »Ich meine, wenn sie Steuerberaterin oder Buchhalterin wäre, würde ich mir natürlich weniger Sorgen um sie machen, aber irgendjemand muss ja schließlich auch die Welt retten. Und außerdem« (sie verleiht ihrer Stimme jetzt diesen leicht scherzhaften Unterton und legt stolz ihren Arm um mich, während sie mir die Haare zerzaust) »ist dafür dieses Kind hier ganz normal geraten. Wie war's denn heute in der Schule, Jessica?«

»Zum Kotzen«, antworte ich.

Das Lächeln meiner Mutter verschwindet. Damit habe ich ihr den großen Triumph über die spießigen VanDerks gründlich verdorben. Sie geht darüber hinweg, als ob nichts passiert wäre, aber ihre Stimme klingt doch ein kleines bisschen zu schrill, als sie sagt: »Jessica! Das ist doch eins der Wörter, von denen wir nicht möchten, dass du sie benutzt, weißt du noch? Du erinnerst dich doch noch daran, dass wir darüber schon einmal gesprochen haben, oder?«

»Es tut mir leid«, sage ich, winde mich aus Mums Arm und stürme ins Haus. Uuuups. Das wollte ich eigentlich gar nicht tun. Ich bin irgendwie im Moment nicht ich selbst. Ich überhöre das selbstzufriedene Gerede der VanDerks zu dem Thema, wie viel komplizierter das Elterndasein heutzutage geworden ist, und hoffe, dass meine Mutter mir nicht böse sein wird. Meine Mutter ist mir leider ziemlich böse.

Als sie ins Haus kam, wollte sie als Erstes von mir wissen, für wen ich mich eigentlich halte, und »Jessica« war da ganz offensichtlich nicht die Antwort, die sie hören wollte. Ich versuchte, ihr zu erzählen, dass ich in der Schule einen sehr schlimmen Tag gehabt hatte, aber sie antwortete nur, dass für mich alles nur noch schlimmer werden würde, wenn ich nicht endlich lernte, meine Launen unter Kontrolle zu bekommen. Mein Vater musste die Wogen erst mal mit einer Tasse Tee glätten.

Jetzt gibt es Essen und mein Vater ist immer noch im vollen Wogenglättungsmodus. »Ah, das sieht ja lecker aus«, sagt er, als er nach Messer und Gabel greift.

Neeeeiiiiin! Bitte jetzt das nicht wieder, Dad! »So ein schönes Essen mit der ganzen Familie.« Oh nein, mein Vater hat schon wieder den Fluch der Verdammnis über uns ausgesprochen.

Denn jedes Mal, und ich meine wirklich *jedes* Mal, wenn eine Mahlzeit damit beginnt, dass mein Dad diese Worte sagt, endet sie garantiert damit, dass entweder mein kleiner Bruder oder ich (meistens er) nach oben geschickt werden, weil wir irgendetwas falsch gemacht haben. Es ist wie ein schlechtes Omen oder so. Wie kommt es nur, dass mein Dad so was nicht merkt? Wie kommt es, dass er nicht merkt, dass er gerade wieder einmal – wie schon so oft – das

Schicksal herausgefordert hat? Zumal wir ja sowieso nicht gerade am optimalen Ausgangspunkt gestartet sind. Meine Mutter torpediert mich immer noch mit bösen Blicken und das Essen selbst ist auch irgendwie seltsam.

Angeblich gibt es Roastbeef, das in diesem Stadium unseres Sparkurses offensichtlich einen gewaltigen Leckerbissen darstellen soll. Aber das vor uns liegende Roastbeef ist wohl eher ein altes Stück Fleisch, das Mum noch einsam und verlassen im Gefrierfach gefunden hat. Ich bin mir sicher, dass es wahrscheinlich nicht gefährlich sein wird, es zu essen. Aber es schmeckt irgendwie trocken und zäh. Während das »Gemüse« (auch wieder aus dem Fundus im Kühlschrank) aus Maiskolben besteht. Der Rest ist Fertig-Kartoffelbrei – der, den man einfach mit heißem Wasser zubereitet – und Bratensoße.

Die Bratensoße schmeckt echt köstlich. Es ist eine Fertigsoße und sie war nicht tiefgefroren oder so was.

»Hör auf, beim Essen immer solche Grimassen zu ziehen, Jessica«, sagt meine Mutter, als ich mich wohl ein bisschen zu sehr darauf konzentriere, das Fleisch zu kauen.

»Ich kann nichts dafür«, antworte ich.

»Also, dann fängst du mal besser ganz schnell damit an, etwas dafür zu können«, antwortet meine Mutter.

»Das ist eine massive Verletzung meiner unantastbaren Menschenrechte«, verkünde ich.

»Wo um alles in der Welt hast du das denn her?« Meine Mutter schaut entgeistert.

»Von Eddie Izzard«, sage ich mit einem Achselzucken. (Mein Vater hat einige Eddie-Izzard-Stand-up-Comedy-DVDs, die ich mir manchmal zusammen mit ihm anschaue.)

»Du hast das Wort *unantastbar* von Eddie Izzard?«, fragt meine Mutter.

»Äh, ja, er ist …«

Meine Mutter fällt mir ins Wort. »Und warum bekommst du dann nicht bedeutend bessere Noten in Englisch?«

»Ich habe Schwierigkeiten mit der Rechtschreibung«, antworte ich ehrlich.

Meine Mutter schnaubt verächtlich und fängt an, vor sich hin zu brummeln. Ich kann gar nicht glauben, dass sie immer noch sauer auf mich ist. Sie hat Ryan wegen des Spielzeugs, das überall verstreut lag, viel schneller wieder verziehen als jetzt mir, nur weil ich vor den VanDerks »zum Kotzen« gesagt habe. Dabei habe ich sie noch nicht mal zum Stolpern gebracht.

Endlich sind wir mit dem Essen fertig. (Ryan hat zweimal »Bitte verletze meine unantastbaren Menschenrechte nicht« gesagt, als er aufgefordert wurde, nicht mit seinem Essen herumzuspielen, woraufhin meine Mutter mich gleich wieder böse angefunkelt hat.)

Mein Vater beginnt die Teller einzusammeln. Ich habe das Gefühl, es könnte Zeit sein für einen kleinen Scherz, bei dem ich ihn ein bisschen nachmache; irgendwie denke ich, dass das die einzige Möglichkeit ist, die lausige Stimmung etwas aufzuheitern. Also sage ich: »Ah, es geht doch *nichts* über einen leckeren Braten. Und das hier war doch tatsächlich ein *Nichts* von einem leckeren Braten!« Ich pruste los. Ryan kichert. Und meine Mutter sagt: »So, das reicht! Jetzt habe ich wirklich genug von dir! Geh sofort in dein Zimmer!«

»Aber das war doch nur ein Scherz«, sage ich. »Ich dachte, du könntest vielleicht auch darüber lachen.«

»Wie du siehst, kann ich das nicht. Zimmer! Sofort! Das hier ist wirklich die *Hölle auf Erden*!«

Ich verlasse so schnell ich kann die Küche und renne nach oben in mein Zimmer. Was habe ich euch gesagt mit dem Fluch meines Vaters? Wenn man mal drüber nachdenkt, ist im Grunde alles seine Schuld.

Es ist skandalös, denke ich, als ich niedergeschlagen in meinem Zimmer sitze und auf meine Bücher über Dinosaurier starre. Das ist alles so unfair. Ich hasse Natalie und Amelia. Ich hasse meine Mutter.

Na ja, okay. Ich hasse wahrscheinlich keine von ihnen. Höchstens vielleicht Amelia.

Es ist so gemein, dass sie mich so behandeln. Das ist einfach nicht in Ordnung. Ich will Rache. Ich kann mir das nicht länger gefallen lassen. Ich muss ihnen zeigen, dass es nicht okay ist, mir das anzutun. Ich bin ein Mensch. Schon allein deshalb habe ich unantastbare Rechte … Für einen Moment glühe und sprühe ich vor Energie. Dann seufze ich leise und fühle mich wieder völlig ernüchtert, denn ich habe nicht die geringste Idee, was ich gegen all das unternehmen könnte.

Die Tür zu meinem Zimmer öffnet sich leise und Ryans Piratenschiff aus Lego wird vorsichtig hereingeschoben, dicht gefolgt von einem auf Knien krabbelnden Ryan.

Er schiebt das Schiff weiter vorwärts, als würde es auf mich zusegeln. (Mein Teppich ist blau, sodass es fast ein bisschen echt aussieht.)

Bei meinen Füßen angekommen, sieht er mich von unten an. »Piraten?«, sagt er. Er sagt es auf die gleiche sachliche Art und Weise, in der mein Onkel Bob mit den Schultern zuckt und zu meinem Vater »Kneipe?« sagt.

Also mal ehrlich, Kinder. Als ob ich Zeit hätte, mit Lego-Piraten zu spielen. Ich habe immerhin einiges an Weltschmerz aufzuarbeiten. Hmmm. Na ja, vielleicht ein kleines Spiel …

»Na gut«, sage ich, »aber nur ein bisschen.«

Ryan springt ganz aufgeregt auf die Beine und rennt in sein Zimmer, um seine restlichen Lego-Piraten zu holen. (Um ehrlich zu sein, wenn meine Eltern wirklich sparen wollen, sollten sie die Zeit zurückdrehen und Ryan nicht so viele Spielsachen kaufen.)

Schnell haben wir in meinem Zimmer alles aufgebaut, und Ryan erklärt mir, wann er die Kanone abfeuert und wie ich reagieren soll. Es ist wirklich süß, wie ernsthaft er bei der Sache ist.

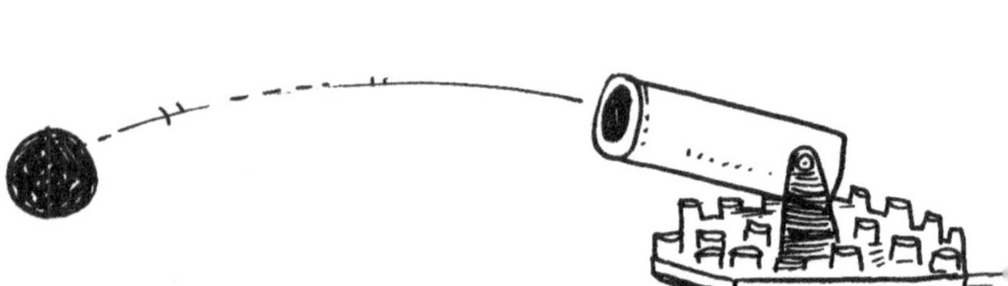

Mein kleiner Bruder bewundert mich wirklich. Ich glaube, er ist einer der wenigen Menschen, die erkennen, dass ich einfach genial bin. Außerdem bin ich wirklich eine sehr nette große Schwester und helfe ihm immer mit seinem Lego. Ich sage lieber *helfen*, weil ich nicht *spielen* sagen will, denn jetzt, wo ich schon in der sechsten Klasse bin, kann ich doch nicht wirklich ernsthaft noch mit Lego spielen, oder? Ich würde das Natalie zum Beispiel niemals erzählen … Ach, was soll's! Ich mag es einfach. Ich mag es Piraten-Lego zu spielen. Es macht mir wirklich Spaß.

»… Und das ist der Moment, in dem Jimmy von hier kommt, um sie hinterrücks zu überfallen«, sagt Ryan und zeigt auf ein kleines Lego-Männchen mit einem gestreiften Oberteil und roten Halstuch. Ich war nicht ganz bei der Sache.

»Warte mal«, sage ich. »Ich dachte, Jimmy wäre der Erste Offizier? Warum lockt er Captain Blackbeard denn in einen Hinterhalt?«

»Weil sie sich wegen Geld zerstritten haben«, erklärt Ryan ernst. Mir wird klar, dass er über die Hintergründe dieser Piratengeschichte schon in allen Einzelheiten nachgedacht hat.

»Wann denn?«, frage ich.

»Als sie das Gold gestohlen haben. Jimmy fand, dass sein Anteil an der Beute nicht groß genug gewesen war, also gründete er eine eigene Piratenbande, und …«

»Moment, warte mal, was hast du gerade gesagt?«

»Jimmy fand, dass er nicht genug Gold abbekommen hatte, also gründete er eine feindliche Piratenbande, und …«

»Ryan, du bist ein Genie!«, rufe ich. Ich ziehe ihn zu mir hin und gebe ihm einen Kuss auf die Stirn. *Eine eigene feindliche Piratenbande*!

»Iiiih!« Er drängt mich weg und reibt sich wie wild die feuchte Stirn. »Warum bin ich ein Genie?«

»Du bist einfach – hm, na ja, dir fallen einfach immer so schlaue neue Piratengeschichten ein«, sage ich. »Ja, das stimmt wirklich«, sagt Ryan stolz. Und baut weiter seine Lego-Piratenmännchen für die große Schlacht auf.

6. kapitel

Ich bin echt genial. Das könnte funktionieren. Das könnte sicher funktionieren. Ich könnte eine *rivalisierende* Bande zu Natalies und Amelias dummem CAC-Haufen gründen. Ha!

Ich werd's ihnen zeigen! Ich gründe eine eigene Bande, und in der dürfen sie dann auch nicht mitmachen! Ich wette, das wird ihnen ganz und gar nicht gefallen! Es ist ein ganz einfacher Plan, dabei aber höllisch schlau. Je länger ich darüber nachdenke, desto grandioser erscheint mir die Idee. Oh ja! Das wollen wir ja mal sehen!

Ich würde zu gerne ihre Gesichter sehen, wenn sie diese Neuigkeit erfahren. Na, wie gefällt euch das, Natalie und Amelia? Oh, überhaupt nicht? Tatsächlich?

Das ist ja komisch, findet ihr nicht?

Ja! Das *mache* ich! Das werde ich tun. Was habe ich nur für ein Glück, dass mein kleiner Bruder immer Piratengeschichten spielt. Und dass ich noch immer gerne Piraten-Lego mit ihm spiele.

Seht ihr? Piraten-Lego hat tatsächlich einen praktischen Nutzen in der echten Welt (was man von schriftlichem Dividieren wirklich nicht behaupten kann). Wartet nur, bis Natalie und Amelia mich in meiner eigenen, gegnerischen Bande sehen. Ha, ha! Ich brauche euch nicht mehr! Ich brauche euch nicht! (Ich würde das jetzt nicht gerade laut sagen – aber das muss ich ja auch nicht.) Sie werden den Tag, an dem sie mich so geärgert haben, noch bitter bereuen! (Auch Captain Blackbeard musste an diesem Abend auf meinem Teppich noch vieles bereuen, und glaubt mir, das war keine schöne Sache.)

Okay. Also, man sollte eine Bande vermutlich nicht aus dem Nichts gründen. Ohne darüber nachzudenken. Oder ohne ihr einen Namen zu geben. Das wäre irgendwie lächerlich. Und ich habe nicht vor, mich in dieser Sache wie eine rückschrittliche Idiotin anzustellen. Ich werde mir also mindestens fünf Minuten lang Zeit nehmen, um darüber nachzudenken und mir einen echt guten Namen und so einfallen zu lassen.

Okay. Ich hab's. Der Name meiner Bande ist ACE. Das steht für Außergewöhnlich Clevere Einfälle. Ich habe nicht vor, euch anzulügen – dies ist vielleicht nicht der beste Name der Welt für eine Bande. Aber ihr solltet wissen, dass ich sage und schreibe sieben andere Namen verworfen habe, bevor ich darauf kam, so zum Beispiel »Fantastische Außergewöhnliche Gang« (FAG) und »Fraktion Ober-Organisierter Lichtgestalten mit Stil« (FOOLS), also ist er ein echter Gewinner. Und außerdem ist ACE – und das ist ein absolutes Plus des Namens – nicht nur eine bessere Abkürzung als CAC, sondern klingt, als wären wir unter Umständen tatsächlich supergenial … Hmmm. Na ja, wie auch immer …

Das wird jedenfalls großartig! Als ich am Freitagmorgen aus dem Bus steige und in die Schule gehe, bin ich vor Aufregung knallrot im Gesicht. Okay, also zuerst muss ich es mit der dummen Amelia und Natalie zusammen noch durch die Eingangshalle schaffen, aber dann kann ich anfangen, mir die Leute für meine Bande zusammenzusuchen. Einen Moment lang bin ich sehr nervös, als ich die 6C betrete, aber dann geht alles geradezu unheimlich leicht. Wir ignorieren uns. So einfach ist das. Ich finde das zwar echt *schräg*, so viel ist klar. Aber einfach.

Sie flüstern oder kichern noch nicht mal mehr über mich. Sie schweigen nur. Ich fühle mich zwar ein bisschen unwohl, aber es könnte schlimmer sein.

♥ ♥

Ich bin mir nicht ganz sicher, auf welchem Weg man die Leute für eine Bande am besten zusammenstellt. Die einzigen Bandenmitglieder, die ich kenne, sind Natalie und Amelia, und die kann ich schlecht fragen, wie sie es gemacht haben. Ich schätze, ich frage einfach mal jeden, den ich kenne, ob er mitmachen will, und schaue dann, wen es überhaupt interessiert.

In den meisten meiner Unterrichtsstunden sitze ich neben Cherry. Die Doppelstunde Geografie, immer als Erstes freitagmorgens, macht da keine Ausnahme. Ich entschließe mich, sie und Shantair (die auf der anderen Seite neben Cherry sitzt und auch im Schachclub ist) zu fragen, ob sie mitmachen wollen. Ich kann damit so gut bei ihnen anfangen wie bei jedem anderen.

Aber, um ehrlich zu sein, als ich das Thema anspreche (während wir eigentlich leise sein und Landkarten von Europa schraffieren sollen), scheint sie die Idee nicht gerade umzuhauen. Sie scheinen der Sache eher misstrauisch gegenüberzustehen.

Na ja, wahrscheinlich habe ich einfach ein schlechtes Timing. Shantair und Cherry sind wirklich furchtbar fleißig. Sie geben gerne immer ihr Bestes. Wahrscheinlich fühlen sie sich von mir einfach beim Lernen gestört. (Man könnte sagen, dass das einer der wenigen Nachteile an meinen Schachclub-Freunden ist – sie hassen es, im Unterricht zu flüstern.)

Während Natalie und Emily und all die anderen eindeutig lieber miteinander flüstern, statt zu lernen.

»Und warum?«, fragt Shantair. »Was würden wir denn in einer Bande so machen?«

»Na ja, rumhängen und solche Sachen«, antworte ich vage. »Aber während man das macht, weiß man eben zur gleichen Zeit, dass man Teil einer geheimen Bande ist.« (Genau genommen habe ich keine Ahnung, was man in einer Bande eigentlich so macht. Ob ich das wohl über Google herausfinden kann?)

»Also so ähnlich, als wäre man in einem Schachclub«, füge ich mit Begeisterung hinzu. »Aber – wir sind doch schon im Schachclub«, sagt Cherry und klingt verwirrt.

»Ich weiß. Deshalb wird es ja auch ein kleines bisschen anders sein. Aber, äh, ja … also, wollt ihr jetzt mitmachen oder nicht?«

Langsam werde ich ein bisschen sauer. Eigentlich sollte man da doch mitmachen wollen, oder? Ich meine, *ich* würde sofort gerne bei einer Bande mitmachen wollen, wenn mich jemand fragen würde. Bin ich denn hier die Einzige, die das total aufregend findet?

»Müsste ich da irgendwas machen?«, fragt Cherry.

»Nein, du müsstest überhaupt nichts machen«, sage ich.

»Okay, alles klar«, sagt Cherry.

»Ja, alles klar«, stimmt Shantair zu.

»Großartig!«, sage ich. »Wir nennen uns ACE, das kommt von Außergewöhnlich Clevere Einfälle – und denkt immer daran, das ist unser Geheimnis.«

An eurer negativen Grundhaltung können wir später noch arbeiten, füge ich in Gedanken noch hinzu.

Zu Beginn der Pause fühle ich mich langsam wieder zuversichtlicher. Was macht es schon, dass sie so zurückhaltend sind. Immerhin machen sie mit. Sie werden schon sehen, dass es Spaß macht, wenn wir erst mal angefangen haben. Jetzt habe ich schon zwei Bandenmitglieder! Es wird großartig werden.

Ganz in der Nähe unseres Klassenzimmers stoße ich auf dem Flur mit Tanya Harris zusammen. Ich frage mich, ob ich sie auch einladen soll mitzumachen? Ich meine, vielleicht will sie gar nicht, aber ich hatte ja gesagt, dass ich jeden frage, den ich kenne.

»Alles klar, Toons?«, fragt sie. »Was gibt's Neues?«

»Genau genommen, Tanya, habe ich gerade eine Bande gegründet«, sage ich stolz.

Tanya kichert ein bisschen und guckt mich dann an wie ein Fragezeichen. »Was?«, sagt sie.

»Ich habe gerade eine Bande gegründet«, wiederhole ich.

»Du?« Sie sieht ziemlich überrascht aus. »Ja. Wir heißen ACE. Das steht für Außergewöhnlich Clevere Einfälle ...«

Weiter komme ich nicht. Tanya prustet laut los und ich bin völlig irritiert. Sie muss sich vor lauter Lachen sogar an die

Wand lehnen. Als sie wieder aufrecht stehen kann, ist ihr Gesicht knallrot und sie wischt sich die Tränen aus den Augenwinkeln.

Als sie schließlich aufgehört hat zu lachen, kann ich nicht mehr aus ihr herausquetschen, als dass sie denkt, dass ich »der totale Witz« bin, was, wie ich vermute (und ich will euch da echt nichts vormachen), bedeuten könnte, dass sie von der ACE-Idee irgendwie nicht wirklich hundertprozentig überzeugt ist.

Ich rede trotzdem weiter. »Möchtest du in meiner Bande mitmachen?«, frage ich.

Tanja prustet wieder los.

»Hör auf, hör auf«, sagt sie. »Ich hab schon Bauchschmerzen vor lauter Lachen.«

»Ich verstehe wirklich nicht, was daran *so* lustig ist«, sage ich.

»Weißt du, Toons, eine Bande gibt sich normalerweise keinen Namen, der beschreibt, wie wunderbar und nett sie ist. Hast du noch nie von den *Crips*, den Krüppeln, und den *Bloods*, den Blutigen, gehört?«

Ich habe zwar schon von ihnen gehört, aber genau weiß ich es nicht. Ich glaube, das sind zwei verfeindete Banden in Los Angeles, die sich brutal bekämpfen, mit Waffen oder so.

»Gut, okay, aber dies hier wird eben eine richtig nette Bande. Theoretisch könnte es doch auch mal eine nette Bande geben, oder?«

Tanya sieht mich einen Moment lang ernst an. Ich habe den Eindruck, dass sie mich, auch wenn sie mir direkt ins Gesicht gelacht hat, auf keinen Fall verletzen möchte.

»Vielleicht kannst *du* so was haben«, sagt sie. »Aber eine Tanya Harris kann keinesfalls in einer netten Bande mitmachen. Ich muss an meinen Ruf denken. Ich bin ein einsamer Wolf, eine Einzelgängerin. Sperr mich bloß nicht ein. Niemand kann Tanya Harris ›Das Tier‹ für sich vereinnahmen.«

»Tanya Harris ›Das Tier‹?«, wiederhole ich.

»Nur ein Spitzname, den ich mal ausprobiere. Ich hoffe, dass er an mir haften bleibt. Kannst du ruhig mal weitersagen.«

»Oh, okay, klar, mach ich.«

»Was hältst du davon?«, sagt sie. »Ich spiele für eure Bande den Leibwächter, wann immer ihr einen braucht, aber nur auf freiberuflicher Basis. Wenn irgendetwas mal nicht so gut läuft, passe ich auf euch auf.«

Ich hatte keinen Schimmer, wovon sie sprach. »Hm, okay, wirklich nett, danke, Tanya. Das ist super.«

So weit, so gut. Also, auch wenn ich auf der einen Seite schon ganz schön viel einstecken musste und niemand so wirklich in meiner Bande mitmachen will, läuft auf der anderen Seite, also sozusagen technisch gesehen, eigentlich alles super. Wenn man bedenkt, dass ich immerhin schon zweieinhalb Mitglieder habe (abhängig davon natürlich, was Tanya »Das Tier« eigentlich genau gemeint hat).

Ich versuche, mich selbst aufzuheitern. Ich darf jetzt den Kopf nicht hängen lassen. Mein Gefühl sagt mir, dass das hier so eine »Dein Glas ist halb leer oder halb voll – du hast es in der Hand«-Situation ist. Ich hoffe allerdings, dass ich mir nicht nur einbilde, ich hätte da dieses geniale Glas in der Hand, gefüllt mit dem köstlichsten Getränk, das man sich vorstellen kann, um dann plötzlich festzustellen, dass es doch nur eine leere Dose Billig-Cola ist. Nein, ich sollte besser optimistisch bleiben.

Eigentlich ist es auch sehr viel leichter, Natalie und Amelia aus dem Weg zu gehen, als ich dachte. Ich sitze sowieso in den meisten Unterrichtsstunden nicht mit ihnen zusammen und in der Pause habe ich einfach nicht mehr nach ihnen gesucht. Na ja, okay, sagen wir mal, ich habe sie nirgends mehr gefunden. Ich achte eigentlich immer mit halbem Auge auf sie, aber ich war zumindest nicht mehr aktiv auf der Suche nach ihnen. Nicht so wie früher jedenfalls.

Im Aufenthaltsraum waren sie nicht. Wahrscheinlich machten sie gerade irgendetwas Geheimes. Nun, sie werden schon noch sehen, wie geheimnisvoll ich sein kann, wenn ich ihnen erst mal mit meiner geheimen Bande vor der Nase herumspaziere! Obwohl, hm, dann wäre sie ja nicht mehr geheim. Ich muss ihnen gegenüber also wohl irgendwie andeuten, dass es etwas gibt, von dem sie nichts wissen. Damit sie das wissen. Oder so. Ich bin sicher, das wird funktionieren. Allein daran zu denken, spornt mich so an, dass ich mich gleich viel fröhlicher fühle.

Außerdem habe ich jetzt Französisch, und Französisch findet in einem neuen Gebäude statt. Unsere Schule hat eine Stiftung oder Spende oder so was bekommen, damit sie damit anfängt, mehr Sprachen zu unterrichten. Obwohl ich ehrlich gesagt nicht ganz verstehe, warum wir dafür gleich einen völlig neuen Klassenraum brauchen. Denn soweit ich sehen kann, ist der einzige Unterschied zu den anderen Räumen, dass hier jeder einen Kopfhörer hat.

Wie auch immer, in Französisch sitze ich mit Emily, Fatimah und Megan (die Mädchen von meinem Kunst-Tisch) zusammen. Sie müssen einfach bei ACE mitmachen wollen. Findet ihr nicht? Wie kriege ich das nur am besten hin? Um Cherry und Shantair davon zu überzeugen, musste ich es ihnen nur als eine *außerschulische Zusatzaktivität* verkaufen. So würden sie beide das Gefühl haben, dass es ihnen auf jeden Fall etwas bringt, dabei zu sein. (Sie lieben nämlich außerschulische Zusatzaktivitäten. Cherry spielt Geige und Shantair spielt an den Wochenenden in einem Theaterclub mit.)

Emily, Megan und Fatimah hingegen scheinen alles zu hassen, was auch nur so klingt, als könne es in zusätzliche Arbeit ausarten; ihnen gegenüber muss ich viel mehr den Spaßfaktor in den Vordergrund stellen.

In dieser Französisch-Stunde machen wir eine Gruppenarbeit, bei der wir uns gegenseitig danach fragen sollen, wie wir heißen und wie viele Brüder und Schwestern wir haben. (Auf Französisch natürlich! Englisch wäre ja viel zu leicht.)

»Hey, Leute, ich muss euch mal was fragen«, sage ich. Alle schauen mich interessiert an. Aber dann kommt Miss Price, unsere Französisch-Lehrerin, zu uns herüber und lauscht, also muss ich stattdessen schnell zu »J'ai un frère et une soeur« wechseln. Als Miss Price endlich (nach einer schnellen Diskussion mit Emily darüber, ob das Französisch-Buch nun blöd

ist oder nicht, weil es den französischen Ausdruck für Stiefvater nicht enthält) wieder geht, lasse ich meine Geheimbanden-Bombe platzen.

Vielleicht habe ich es dieses Mal mit dem Wörtchen »geheim« ein bisschen übertrieben, um es verlockender klingen zu lassen. Aber dieses Grüppchen hier scheint *echt* interessiert zu sein. Sie grinsen sich permanent gegenseitig an und lehnen sich alle interessiert nach vorn, um besser hören zu können, als Emily fragt, um welche Art von Geheimbande es sich denn handelt.

Hm, vielleicht hätte ich in der Pause doch mal nach »Banden« googeln sollen, da ich mir immer noch nicht ganz sicher bin, ob ich auf diese Frage eine befriedigende Antwort geben kann. Ich weiche aus und benutze viel zu oft das Wort »Spaß«. Vielleicht sollte ich es lieber mal mit Pyjama-Partys versuchen?

»Wer ist denn noch in der Bande?«, fragt Fatimah.

»Ja, wie viele Mitglieder hat sie denn schon?«, fragt Megan. »Es sollten ja nicht zu viele sein, sonst ist es nicht mehr richtig geheim, oder?«

»Ja, nein, genau«, sage ich. »Bis jetzt gibt es außer mir noch zweieinhalb weitere Mitglieder.«

»Wie kann es denn zweieinhalb Mitglieder geben?«, fragt Emily.

»Nun, Cherry und Shantair gehören ganz dazu, und Tanya Harris hat gesagt, sie macht als ›freier Mitarbeiter‹ mit.«

»Was soll das denn heißen?«, fragt Emily.

»Hm, das weiß ich leider auch nicht«, gebe ich zu.

»Tanya Harris?« Fatimah klingt leicht beunruhigt.

»Ich glaube, das wird richtig viel Spaß machen«, sage ich. »Wir könnten uns ja auch zu Pyjama-Partys treffen.«

»Au ja!«, flüstert Emily aufgeregt. »Darin bin ich Spezialistin. Ich bin dabei.« Daraufhin sagen auch die anderen sehr schnell: »Ich auch.«

Pyjama-Partys. Ich bin auf dem richtigen Weg. Vielleicht sollte ich meiner Mutter ein Geschenk kaufen, um mich bei ihr dafür zu entschuldigen, dass ich sie geärgert habe – vielleicht erlaubt sie mir dann, auch mal eine zu veranstalten? Hm. Wie auch immer, das ist ja im Moment auch gar nicht so wichtig. Reine Formsache.

♥ ♥

Wir müssen feiern! Ich habe erfolgreich eine Bande gegründet! Wir sind zu sechst (Tanya nicht mitgezählt, denn irgendetwas sagt mir, dass ich das besser nicht tun sollte).

Ich trommle alle (außer Tanya) zum Mittagessen zusammen und bestehe darauf, dass wir alle gemeinsam essen, um den Anlass gebührend zu feiern. Immerhin ist das unser allererstes ACE-Meeting.

Alle scheinen anfangs ein bisschen verwirrt zu sein. Shantair und Cherry haben mit Emily, Megan und Fatimah ja im Grunde auch nicht so viel gemeinsam. Shantair und Cherry sind eher schüchterne Typen, ruhig und fleißig. Sie lernen Italienisch praktisch schon allein dadurch, dass sie nur Musik machen (durch die vielen italienischen Ausdrücke, die in der klassischen Musik vorkommen). Emily, Megan und Fatimah sind viel lauter, und es ist ihnen auch ziemlich egal, ob sie gute Noten bekommen. Außerdem denkt Megan, dass »Adagio« ein berühmter Golfspieler ist. Es läuft also alles zuerst ein bisschen stockend an, besonders wegen Cherry, die krampfhaft versucht, nicht in prustendes Gelächter über Megan auszubrechen.

Nachdem ich alle dazu gebracht habe, miteinander anzustoßen und zu besprechen, ob wir nicht ein geheimes Erkennungszeichen erfinden wollen, werden alle sehr viel enthusiastischer. Und es stellt sich heraus, dass sie im Grunde doch sehr viel gemeinsam haben. (Na ja, okay, alle mögen gerne Pommes. Aber das ist doch immerhin ein Anfang!) Es läuft super!

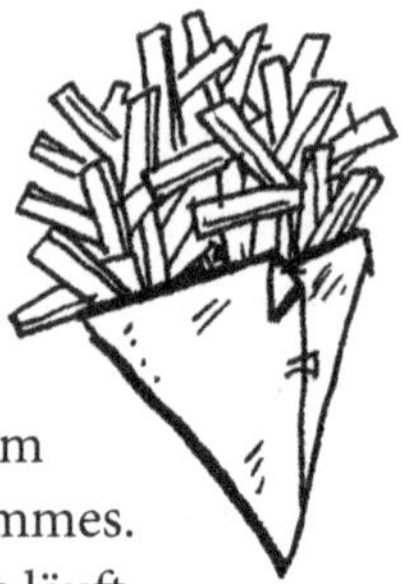

Ich wusste, dass es großartig werden würde. Warum höre ich eigentlich nicht ruhig öfter mal auf mich? Dabei bin ich einfach genial. Ich wusste es schon immer. Warum nur vorher immer diese Bedenken von wegen halb volles und halb leeres Glas? Die Erfahrung zeigt doch, dass ich großartig bin. Das sollte man ganz einfach mal zur Regel erklären.
Und jetzt kommt der Moment, auf den ich schon sehnlich gewartet habe, seit mir die ganze Sache eingefallen ist …

Gegen Ende der Mittagspause betrete ich meinen Klassenraum. Natalie und Amelia sitzen wie immer auf ihren Plätzen. Ich gehe zu ihnen hinüber.

»Oh, hallo, ich hab euch gar nicht gesehen«, sage ich beiläufig, als ich mich setze.

»So ein Quatsch, natürlich hast du uns gesehen«, sagt Amelia.

»Sprichst du jetzt wieder mit uns, ja?«, fragt Natalie.

Ich? Spreche nicht mit IHNEN? Es gehören immer zwei dazu, nicht miteinander zu sprechen. Und sie haben erst recht nicht mit mir gesprochen! Ist nicht wichtig, wird mir klar (… mach dir ein paar beruhigende, glückliche Gedanken, Jessie …).

»Und, wie läuft's mit eurer Bande?«, frage ich und versuche, ernst zu klingen. Natalie und Amelia tauschen ein paar Blicke aus. »Gut, danke«, sagt Natalie.

»Das freut mich. Banden können ja so schwierig sein, stimmt's?«, fahre ich fort.

»Was willst denn ausgerechnet du darüber wissen?«, fragt Amelia.

»Nun, das ist tatsächlich eine sehr gute Frage von dir, Amelia. Was will ausgerechnet ich wohl darüber wissen? Nun, zufällig eine ganze Menge, würde ich sagen. Wo ich gerade eben meine eigene Geheimbande gegründet habe …«

WAMM! Das hat gesessen! Ja! Fühlst du das? Denen habe ich's echt gegeben!, füge ich in Gedanken hinzu und blicke gespannt von einer zur anderen. Fairerweise muss ich sagen, dass sie total überrascht und ziemlich verwirrt aussehen. Sie schauen immer abwechselnd sich und dann mich an. Genial.

»Du?«, fragt Natalie schließlich.

»Jep«, sage ich.

»Du weißt aber schon, dass du dir bei so was vorher auch ein paar *eigene* Gedanken machen solltest, oder?«, sagt Amelia und klingt ziemlich ärgerlich. »Du kannst den Leuten ja nicht einfach alles nachmachen. Man muss selbst viel darüber nachdenken und man braucht einen Namen …«

»Danke, aber wir haben einen Namen«, unterbreche ich sie.

»Wie heißt ihr denn?« Natalie klingt interessiert.

»ACE«, sage ich stolz. »Das steht für Außergewöhnlich Clevere Einfälle. Ich finde, das ist eine wirklich nette Botschaft. Der andere Vorteil des Namens ACE ist natürlich, dass die Abkürzung sich nicht wie eines der weniger schlimmen Schimpfwörter für *Scheiße* anhört.«

Zing! Ich *liebe* es, in einer Bande zu sein. Schon allein das hier war es mehr als wert. Was allein ein Tag ausmacht. Gestern um die gleiche Zeit hatte ich mich noch in der Toilette eingeschlossen und versucht, nicht mehr in Tränen auszubrechen.

Und heute um die gleiche Zeit fühle ich mich ganz und gar überlegen, und Natalie und Amelia sehen aus, als wären sie echt sauer auf mich.

»Damit kommst du nicht durch«, sagt Amelia. Aber wen interessiert das noch?

7. kapitel

Ah, das Leben ist schön. Die letzten Tage sind wie im Flug vergangen. ACE macht sich gut (auch wenn wir noch gar nicht viel unternommen haben) und alles scheint sich ein bisschen zu beruhigen. Natalie und Amelia sprechen jetzt wieder nicht mehr mit mir. Zwischen uns herrscht Eiszeit. Sie flüstern über mich, so viel ist sicher, aber das Gekicher ist vorbei.

Sie scheinen böse auf mich zu sein. Ich weiß eigentlich nicht, warum.

Obwohl, na ja, eigentlich weiß ich schon, warum; ich weiß sogar ziemlich *genau*, warum. Nur, wenn sie es doch gar keine große Sache finden, eine Bande zu gründen – also auch überhaupt kein Grund für mich besteht, dass ich mich deswegen ärgere –, dann dürfte es doch logischerweise auch kein Problem für sie sein, wenn ich es genauso mache, oder? Was eigentlich, wenn man es genau nimmt, nur ein weiterer Beweis dafür ist, dass sie eben doch finden, dass es eine ganz große Sache ist, und dass sie ganz verlogene Heuchlerinnen sind! Ich habe es ihnen mit gleicher Münze heimgezahlt, und das gefällt ihnen ganz und gar nicht. (Jetzt behaupten sie einfach, ich wäre eine Nachmacherin. Aber das ist mir egal.)

Auch zu Hause hat sich alles beruhigt. Ich habe meiner Mutter am Freitag auf dem Weg von der Schule nach Hause eine kleine Schachtel Pralinen gekauft, um mich mit diesem Geschenk bei ihr zu entschuldigen, und sie war entzückt. Genau genom-

men sagte sie, »sie müsse mich wohl öfter mal in mein Zimmer schicken, wenn das dabei herauskäme«, was eigentlich nicht die Botschaft war, die ich rüberbringen wollte.

Meine Eltern reden andauernd davon, wie lange sie Natalie in letzter Zeit schon nicht mehr gesehen hätten. Das ist echt nervig. Ich will mich nicht gezwungen fühlen, ihnen erklären zu müssen, dass wir nicht mehr befreundet sind. Außerdem mögen sie Natalie wirklich sehr. Sie könnten vielleicht sauer darüber sein, dass sie so fies geworden ist.

Heute ist Montag und ich sitze nach einem ziemlich entspannten Wochenende wieder im Bus zur Schule. Es fühlt sich zwar irgendwie seltsam an, dass ich Natalie tatsächlich in der letzten Zeit weder gesehen noch gesprochen habe, aber andererseits ist es schöner so, als die ganze Zeit wie auf rohen Eiern laufen oder befürchten zu müssen, dass ich sie verliere, bloß weil ich nicht cool genug bin.

Ich weiß nicht, wie lange das noch so weitergehen soll. Ich glaube, ein Teil von mir hatte wohl gehofft, dass sie irgendwann »Okay, Punkt für dich« sagen und mich wieder miteinbeziehen würden, oder so was. Aber das ist nicht passiert. Im Moment ist die Stimmung mehr wie eine Gefechtspause. Keiner von uns hat wirklich »gewonnen«. Ich weiß nicht, wie man aus diesem Zustand wieder herauskommt. Vielleicht höchstens, indem sie noch eins draufsetzen.

Als ich in unseren Klassenraum komme, fällt mir sofort auf, dass sich um Natalies und Amelias Tische eine größere Gruppe Mädchen als sonst versammelt hat. Der Platz reicht für so viele gar nicht aus. Also stehen einige von ihnen auch noch um meinen Tisch herum und schnattern aufgeregt. Als sie mich kommen sehen, verstummen sie von einer Sekunde auf die andere und starren mich an. Eine von ihnen sitzt sogar *auf meinem* Tisch.

»Oh, hallo«, sage ich. Es sind alles Freundinnen von Natalie und Amelia. Sie sind aus der 6P, unserer Parallelklasse.

»Oh, hallo.«

»Oh, hallo.«

Scheinbar äffen sie mich nach. Dann fangen sie an zu kichern.

Na, ganz toll. Also, *genau genommen* ist das hier Mobbing. Ich fühle, dass mein Gesicht ganz heiß wird.

»Hm, also, eigentlich sitzt du da auf meinem Tisch«, sage ich zu dem Mädchen, das Cassy heißt.

»Ach, wirklich?«, antwortet sie unbeeindruckt. Noch mehr Gekicher.

»Nun ja. Das hier ist *mein* Tisch.« Langsam werde ich ärgerlich. Mir wird heiß und ich fühle mich richtig belästigt. Ich sehe ihr ins Gesicht. Ich sehe sie mir alle an. Natalie und Amelia stehen mittendrin und scheinen das hier alles richtig zu genießen. »Nun, das ist ein freies Land«, sagt Cassy.

Und da entdecke ich sie. Sie tragen sie alle: Buttons! Echt coole pink- und lilafarbene Anstecker, auf denen »CAC« steht. Dies hier ist ihre Bande und zum Beweis tragen sie alle Buttons. Gott, das ist schon echt *hammermäßig*, denke ich schweren Herzens.

»Das ist also CAC, ja?«, frage ich.

»Aaah, endlich! Und du hast gesagt,

sie wäre nicht die Cleverste ...«, sagt Cassy sarkastisch zu Amelia. (Wie unverschämt. Ich bin clever! Ich kenne sogar den Ausdruck »unantastbar«.)

»Tja«, sagt Amelia zu mir. »Ich vermute mal, dass du unsere Buttons entdeckt hast, stimmt's?«

»Ja«, sage ich. »Sehr schön, gut gemacht. Da müsst ihr ja mächtig stolz sein«, antworte ich leicht säuerlich.

»Cassy hat eine Button-Maschine«, sagt Amelia.

»Ich habe eine Button-Maschine«, sagt Cassy.

»Ich schätze mal, das mit den Buttons ist so eine Sache, die musst du einfach machen, ehrlich...«, sagt Amelia. »... wenn du eine *richtige* Bande haben willst. Und nicht nur so eine *Möchtegern*bande.«

Sie schauen mich gespannt an, als erwarteten sie von mir darauf irgendeine Antwort. Ich habe dazu aber nicht wirklich etwas zu sagen. »So, hört mal, jetzt geht mal von meinem Tisch runter!«, sage ich schließlich bestimmt. Cassy springt herunter. Ich glaube, ich habe sie erschreckt. »Klingelt sowieso gleich«, erklärt sie schnell noch. Auch die anderen stehen auf. »Okay, also dann, zum Mittagessen wieder hier, gleicher Treffpunkt«, sagt Natalie. *Treffpunkt*? Nein, also mal ehrlich, mein Tisch kann doch nicht ihr *Treffpunkt* werden. Auf keinen Fall. Das ist so mies.

»Nein«, höre ich mich selbst sagen. Cassy und die anderen CAC-Mitglieder drehen sich wieder zu mir um. Ich sage zu Natalie: »Sie sind nicht in unserer Klasse. Also ist das hier vielleicht nicht gerade der beste Platz, um sich zu treffen, oder?«

Natalie verdreht ihre Augen. »Ich glaube nicht, dass das hier irgendjemandem etwas ausmacht.«

»Da irrst du dich aber«, sage ich.

»Da irre ich mich aber gar nicht«, sagt Natalie.

»Da bin ich aber ganz anderer Meinung«, wiederhole ich.

»Ja, aber ich finde, dass es absolut niemanden stört.«

»Tja, und ich finde eben, dass es das doch tut«, sage ich wieder.

Die CAC-Köpfe schwenken zwischen Natalie und mir hin und her. Schließlich greift Amelia ein. »Wir schreiben dir eine SMS«, sagt sie und dann gehen sie.

Oh mein Gott. Ich kann nicht glauben, was gerade passiert ist. Sie haben doch tatsächlich noch eins draufgesetzt.

Sie lassen mich knallhart spüren, dass ich nicht dazugehöre, und wollen mir demonstrieren, dass sie ihre eigene CAC für die viel bessere Bande als ACE halten. Es ist wirklich ungeheuerlich.

Also, auch wenn ich vielleicht noch nicht viel von der Welt weiß, aber eins weiß ich genau: Ich brauche eine Button-Maschine! Genau.

Und was hat zwei Daumen und keine Button-Maschine? Die hier. (Ihr könnt mich nicht sehen, aber ich zeige jetzt gerade auf mich selbst, mit beiden Daumen. So weit kapiert?)

Meine Mutter ist wegen der ganzen Button-Maschinen-Sache völlig uneinsichtig. »Kinder! Mittagessen!«, ruft sie die Treppe hinauf. Ich meine, sie hat mir noch nicht mal zugehört, als ich ihr gesagt habe, was für eine Investition das wäre. Man könnte damit sogar Geld verdienen. Ich habe ihr gesagt, dass ich die Anstecker, die ich für die anderen Schüler mache, verkaufen könnte und so. Aber sie ist viel zu sehr darauf fixiert, was man darf und was nicht, wenn ihr mich fragt.

»Kinder! Mittagessen!«, ruft sie noch einmal. Widerwillig murrend folge ich Ryan die Treppe hinunter und lasse mich völlig genervt auf meinen Stuhl plumpsen.

»Da seid ihr ja«, sagt mein Vater.

»Setz bitte den Helm ab, Ryan.« Ryan nimmt zerknirscht seinen Astronautenhelm ab. Wir scheinen alle ein bisschen niedergeschlagen zu sein.

Meine Mutter serviert uns Lamm-Burger, die wohl auch noch im Kühlschrank gelegen haben, und irgendein gemischtes Gemüse, das sie ebenfalls noch da gefunden hat. Mit einem Rest Soße. Fairerweise muss man sagen, dass das alles viel besser schmeckt als dieser eigenartige Braten neulich. Womöglich ist dies hier bisher eine der leckersten Mahlzeiten unseres Lasst-uns-sparen-Plans. Es ist schade, dass ich mich viel zu bedrückt fühle, um es angemessen genießen zu können.

»Also, wie war's in der Schule …«, fängt mein Vater an, aber ich unterbreche ihn.

»Könnte ich bitte, bitte eine Button-Maschine haben?«

»Oh nein, nicht das schon wieder«, schnappt meine Mutter. »Nein, Jessica! Das hatte ich dir doch vorhin schon gesagt! Auf gar keinen Fall!

»Aber …«

»Nein.«

»Aber sie kostet weniger als zehn Pfund.«

»Zehn Pfund sind zu viel!«

»Ja, aber sie kostet ja weniger als zehn. Das ist ja das Gute.«

»Nein.«

»Bitte. Ich bitte euch sonst nie um etwas.« Meine Eltern schauen mich nur an, also mache ich weiter. »Ryan kriegt immer alles, was er will.«

»Nein, das stimmt nicht«, sagt Ryan und klingt ein bisschen verärgert darüber, dass er da mit hineingezogen werden soll.

»Nein, kriegt er nicht«, sagt meine Mutter. »Wir behandeln euch genau gleich. Ryan hat kein Handy und wir müssen in sechs Monaten auch nicht das Geld für eine teure neue Schuluniform für ihn hinblättern.«

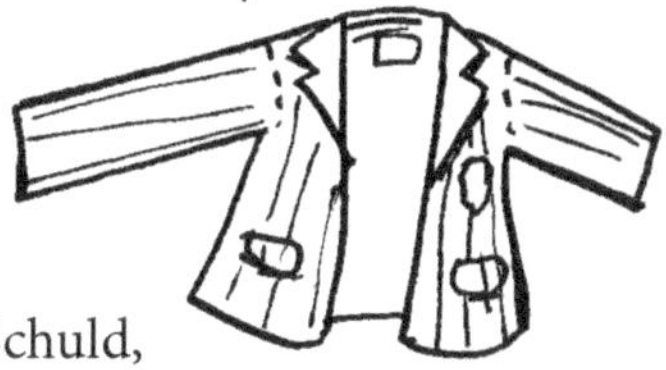

»Es ist doch aber nicht meine Schuld, dass ich eine neue Schuluniform brauche. Und bis dahin ist ja auch noch Zeit. Außerdem habt ihr gesagt, dass man die auch secondhand kaufen kann.«

»Die Antwort ist Nein, Jessica. Zwing mich bitte nicht, dich schon wieder in dein Zimmer zu schicken.« Meine Mutter klingt so müde und erschöpft, dass ich nachgebe.

»Also gut«, seufze ich.

Aber jetzt will meine Mutter nicht nachgeben. »Mir scheint, du hast vergessen, dass wir gerade auf Sparkurs sind!«

»Das weiß ich«, sage ich ärgerlich.

»Ach ja?«, sagt meine Mutter. »Weißt du das wirklich? Verstehst du denn auch, was das heißt?«

»Ja!«, sage ich gereizt.

»Da bin ich mir nicht so sicher«, sagt sie. »Ihr Kinder habt nicht den Schimmer einer Ahnung, was Arbeiten bedeutet oder wie viel Geld eigentlich wert ist …«

Oh, na super, jetzt wechselt sie das Thema und kommt wieder mit ihrer »Arbeitshaltung«. Sie hat also offensichtlich die

Zeit, in der ich immer freiwillig/von ihr gezwungen bei diesem Kuchenverkauf ausgeholfen habe, um Geld für das Altersheim zu sammeln, total vergessen. (Ich konnte das tatsächlich ziemlich gut und bekam am Ende von einem der älteren Leutchen ein Stück Sahnetorte geschenkt.) Wie gefällt dir das als Wertschätzung für sinnvolle Arbeit? Ganz genau!

Ich glaube, dass besonders meine Eltern ziemlich hart arbeitende, vernünftige Menschen sind. Ich meine, sie sind ziemlich überzeugt von der Idee eines guten Jobs. Tammy sagt, das hinge damit zusammen, dass sie eine »protestantische Arbeitsmoral« hätten und dass es genau solche Leute wie sie seien, die überwiegend für Aufstieg und Erfolg des Kapitalismus verantwortlich seien. (Was wohl einer der Gründe ist, warum es ihnen nicht allzu gut geht.)

»Mum, ich hab's verstanden und ich habe das Thema schon fallen lassen«, stelle ich klar.

»Und warum ausgerechnet eine Button-Maschine?«

Ich wittere eine Glückssträhne.

»Du hast noch nie zuvor eine Button-Maschine erwähnt. Das ist doch nur wieder so eine Modeerscheinung, oder? Du wirst sie genau einmal benutzen und dann nie wieder. Ich nehme mal stark an, jemand in der Schule hat eine, stimmt's?«

»Nein«, lüge ich und versuche, entrüstet zu klingen.

»Also, wenn ich Superman oder Batman wäre, dann könntest du eine haben, aber leider bin ich das nicht.« Meine Mutter scheint fertig zu sein. (Als ob man die Fähigkeiten eines Superhelden bräuchte, um einen Artikel zum Preis von 8.50 Pfund zu erwerben.)

»Wenn du Batman wärst, könntest du dir das ganz leicht leisten«, kontere ich. »Bruce Wayne ist Multimillionär.«

»Schade, dass du nicht zu den Helden gehörst, die man *Bankdirektor-Man* nennt«, sagt mein Vater zu mir. »Und deine Superkräfte dann im Wirtschaftsmanagement lägen.« Er lacht in sich hinein.

»Ja, ja, zum Totlachen, Dad«, sage ich müde. Mein Vater sieht ziemlich selbstzufrieden aus. Um ehrlich zu sein, es ist schade, dass ich kein Superheld bin, und Punkt. Mit irgendwelchen Superkräften. Oder überhaupt irgendwelchen Kräften. Obwohl, ich habe ja einige Kräfte. Und manchmal sage ich auch im Scherz, dass das meine Superkräfte sind … Hey, kann es sein, dass ich gerade eben eine echt geniale Idee hatte?!

8. kapitel

Ich kann gar nicht fassen, dass ich nicht schon früher darauf gekommen bin. Ich bin doch Cartoonistin. (Zumindest möchte ich das gerne mal werden.)

Ich werde meine eigenen Buttons machen. Das heißt, ich werde von jedem aus meiner Bande einen persönlichen Cartoon zeichnen und sie dann auf die schon existierenden Anstecker kleben, die überall bei uns im Haus herumfliegen. Genial!

Insgesamt brauche ich sieben Stück. Ich überschlage schnell, wie viele ich ungefähr in meinem Zimmer habe. Einer stammt von einer Weihnachtsaufführung und hat die Aufschrift »Ich liebe Buttons«. Ein anderer sagt: »Ich liebe Tinkerbell.« In der Küchenschublade finde ich einige mit der Aufschrift »Fleisch ist Mord«, die wahrscheinlich meine Schwester dort zurückgelassen hat. Und den Rest bekomme ich von Ryan, der sagt, dass er seine Transformer-Buttons nicht mehr brauche. Ich habe mehr als genug. Das ist super!

Also dann. Ich sitze an meinem Schreibtisch und fange an zu zeichnen. Es ist in Wirklichkeit viel schwieriger, als ich dachte. Ich will unbedingt, dass diese Buttons gut werden. Ich zerbreche mir den Kopf darüber, welche Art von Cartoon für wen am besten geeignet wäre.

Einige fallen mir dabei leichter als andere. Tanya Harris zeichne ich einfach wieder als Schokoladenei. Aus Shantair mache ich einen cartoony Schachturm, weil das ihre Lieblingsfigur auf dem Schachbrett ist. Sie setzt ihre Türme im Spiel immer sehr oft ein. Für Cherry zeichne ich Kirschen. Und für Emily einen Delfin, denn sie liebt Delfine und bittet mich manchmal, ihr welche auf ihre Bücher zu malen.

Von allen mache ich einige grobe Entwürfe. Dann entscheide ich, welches die beste Version ist. Die wähle ich dann aus und zeichne sie ganz sauber fertig. Anschließend kopiere ich so vorsichtig wie möglich die offizielle Version von jedem Cartoon auf eine weiße Karte. Ich male sie, so genau ich kann, mit meinen Farben aus und lasse sie dann über Nacht lieber trocknen, bevor ich sie ausschneide.

Unter jedes Motiv schreibe ich in Rot ACE, mit einer gelben, zickzackförmigen, comicartigen Explosion dahinter. Ich finde, das sieht ziemlich gut aus.

Die ganze Sache dauert *ewig*. Gegen Ende fängt mein Vater schon an zu drohen, dass er gleich einfach das Licht ausschalten wird, wenn ich jetzt nicht sofort ins Bett gehe. Aber dann, endlich (nach einem kleinen Streit darüber, wie oft ich jetzt schon »nur noch zehn Minuten« gesagt habe), bin ich dann doch fertig.

Ryan kommt herein, um mir Gute Nacht zu sagen. Er trägt seinen Buzz-Lightyear-Pyjama und hält seinen Winnie-Puuh-Bären im Arm und bewundert meine Werke.

»Machst du mir auch so einen?«, fragt er.

»Die Anstecker reichen nur für meine Freunde in der Schule«, erkläre ich ihm.

»Ich will aber auch so ein Cartoon-Ryan sein.«

»Aber die sind für so was Ähnliches wie eine Bande, Ryan. Und du bist eigentlich nicht …«

Er sieht ganz enttäuscht aus. »*Ach, BITTE*«, sagt er.

»Also gut«, sage ich seufzend. »Du kannst ja ein Ehrenmitglied sein. Aber das mache ich nur dieses eine Mal, klar? Wenn du ihn kaputt machst oder verlierst, dann war es das.« Ryan nickt begeistert. »Ich bin Astronaut«, sagt er.

»Na logo«, antworte ich. (Was sonst? Versteht sich doch von selbst.) Ryan kichert.

»Kinder? Ryan? Seid ihr immer noch nicht im Bett?«, ruft mein Vater.

»Nur einen Moment noch, Dad!«, rufe ich zurück. »Nur noch zehn Minuten!«

Okay, es ist Dienstagmorgen und alle meine Cartoons sind ausgeschnitten und mit Sekundenkleber auf die Buttons geklebt. Ich kann mich also auf den Weg machen. Zeit für uns zu starten.

Meine Mutter hat Ryan verboten, seinen Anstecker in der Schule zu tragen. Sie sagt, es sei gegen die Vorschriften. Ich soll ihr sinnloserweise sogar versprechen, dass auch ich meinen in der Schule nicht trage. (Manche Leute können es einfach nicht lassen, sich überall einzumischen.) Obwohl ich ihr sogar davon erzählt habe, dass Melissa aus unserer Klasse die ganze Zeit über einen Button trägt, aber sie hat mir überhaupt nicht zugehört. Gut, zugegeben, ich habe nicht dazugesagt, dass auf Melissas Anstecker »Klassensprecher« steht.

Auf meinem Button ist ein Pinsel, der wie ein Cartoon gezeichnet ist; Megan ist ein kleines Kätzchen (sie hat gerade eins bekommen und liebt es über alles) und schließlich habe ich aus Fatimah ein Gummibärchen gemacht (weil sie die so gerne mag). Ich bin im Bus auf dem Weg zur Schule so aufgeregt! Ich kann es gar nicht erwarten, allen endlich ihren Button zu geben.

Und ich muss noch nicht mal lange warten, denn dienstags haben wir in der ersten Stunde Kunst. Ich versuche, Emily, Megan und Fatimah auf mich aufmerksam zu machen, ohne dass Joshua und Terry etwas merken, weil ich befürchte, dass sie sich über die Ergebnisse meiner Bemühungen lustig machen könnten. (Außerdem soll es ja auch ein Geheimnis sein.)

»Hey, psst«, versuche ich die Aufmerksamkeit der drei Mädchen auf mich zu lenken. »ACE hat jetzt auch eigene Buttons«, reiche ich die kleine Tupper-Dose mit den Ansteckern zu ihnen hinüber. »Wir können sie zu unseren Meetings und so tragen.«

Verwirrt starren Emily, Megan und Fatimah in die Dose. Als sie begreifen, was das ist, sind sie ganz begeistert. »Meine Güte! Die sind ja genial!«, schreit Emily und verteilt alle Buttons auf dem Tisch. »Sie sind unglaublich!«, kräht Fatimah.

»Welcher bin ich denn?«, fragt Megan. Wie ich es vorhergesehen hatte, werden jetzt auch Terry und Joshua auf die Anstecker aufmerksam, sagen aber erst mal nichts. Ich teile die Buttons aus und erkläre, was ich mir bei jedem von ihnen gedacht habe. Die Bandenmitglieder stecken sie begeistert an und sind entzückt. »Das hat bestimmt viel Arbeit gemacht!«, sagt Emily.

»Das hat es«, stimme ich zu.

»Dann lass mal sehen«, sagt Terry, und die übrigen Buttons werden an ihn und Joshua weitergereicht. Sie machen zwar nicht so viele »Ohhhs« und »Ahhhs« wie die Mädchen, aber Terry sagt: »Sehr schön«, und gibt sie dann zurück.

»Wir sind in einer Bande«, sagt Megan erklärend.

»An diesem Tisch hier ist es viel zu laut«, sagt Mrs Cooper, als sie zu uns herüberkommt. Ich lasse die restlichen Anstecker schnell wieder in der Dose verschwinden, bevor sie sie entdeckt. Wir werden alle ruhiger, und sie scheint zufrieden zu sein, denn sie kehrt zum Unterricht zurück. Sie erklärt uns, worin der Unterschied zwischen Primär- und Sekundärfarben besteht. Wir passen noch ein Weilchen auf und fangen an, das, was sie uns zeigt, abzumalen.

»Ich mag deine Cartoons«, sagt Joshua leise zu mir. »Wirklich?«, frage ich überrascht und sehe ihn neugierig an. »Danke.« Er sieht aus, als würde er rot werden. Stimmt das? Wird er rot? Ich glaube ja!

»Sie erinnern mich an, na ja, ich finde, du hast so was wie einen Manga-Stil«, sagt er. »Magst du Manga?«

Haha! Joshua wird rot! Normalerweise ist er immer so cool (oder zumindest denkt er, dass er das ist). Ich widerstehe dem Drang, laut zu rufen: »Haha, du wirst ja total rot!«, und versuche, mich auf unsere Unterhaltung zu konzentrieren.

Hmmm. Wie soll ich diese Frage am besten beantworten? Okay. Klar, natürlich weiß ich, was Manga ist. Das ist ein japanischer Zeichenstil für Comics. Ehrlich gesagt weiß ich aber nicht, ob ich ihn besonders gerne mag. Doch wenn ich so drüber nachdenke: Ich habe einige Manga-Zeichentrickfilme gesehen. Und besonders der, den meine Schwester mir gezeigt hat, über eine Kriegerprinzessin, die sich für die Umwelt einsetzt, hat mir sehr gut gefallen.

»Also«, sage ich, »den Film *Prinzessin Mononoke*, den mochte ich sehr.«

»Oh, cool«, sagt Joshua und klingt beeindruckt. »Den fand ich auch toll.«

Wir malen ein bisschen weiter. »Also, du bist in einer Bande?«, fragt er leise.

Crips and Blood

»Ja, genau«, antworte ich. Ich habe plötzlich das Gefühl, dass ich wohl ziemlich interessant klingen muss. »So wie die *Crips* und die *Bloods*?«, lacht er.

Macht er sich jetzt wieder über mich lustig?

Okay, vielleicht bin ich doch nicht ganz so interessant. Aber hallo? Es gibt doch ganz viele verschiedene Banden. Warum vergleichen alle ständig meine Gang mit den *Crips* und den *Bloods*? »Ja klar, durch die kam ich ja überhaupt erst auf die Idee«, witzele ich.

»Ja klar, das dachte ich mir schon. Also, und wer sind deine Rivalen?«

»Äh? Wie jetzt?« (Wie kann er davon wissen?)

»Wer sind die Rivalen im Revier von ACE?« (Oh, alles klar, er macht immer noch Witze.)

»Oh. Hmmm. Es gibt *tatsächlich* eine feindliche Gang«, sage ich.

»Du machst Witze!«, lacht er.

»Keineswegs«, sage ich. Und irgendwie endet alles damit, dass ich ihm die ganze Geschichte von Natalie und Amelia und ihrer Bande erzähle und dass eins ihrer Mitglieder eine

Button-Maschine hat, sodass ich einfach keine andere Wahl hatte, als gleichzuziehen und diese Cartoons hier aus dem Hut zu zaubern.

Joshua hört sich alles interessiert, aber mit amüsiertem Gesichtsausdruck an. Ich bin mir nicht so ganz sicher, ob er sich nicht doch über mich lustig macht. Schließlich sagt er: »Wow. Also, ich schätze mal, so was gibt's wirklich nur in der tiefsten Provinz.«

Wie ich befürchtet habe! Er macht sich wirklich über mich lustig. So eine Frechheit. »Das ist aber ein ziemlich langer Satz für deine Verhältnisse, oder?«, sage ich. »Was meinst du?«

»Ha*ha*«, sagt er sarkastisch und errötet leicht. Dann fängt er sich wieder. »Die meisten Gangs tragen ihre Kämpfe in den Städten aus, mit Messern, verstehst du? Häuserkämpfe in ihren Revieren, Blutvergießen in den Straßen. Und ihr kämpft hier eine Schlacht mit Button-Maschinchen.«

Ich kann nicht anders: Ich muss einfach loslachen, auch wenn ich dabei vielleicht ein kleines bisschen rot werde. So wie er uns beschreibt, klingt das alles ganz schön albern. Aber andererseits – hallo? Das ist doch gar nicht der springende Punkt.

»Es geht hier immer noch ums Prinzip«, sprudle ich heraus. Joshua wird jetzt zwar nicht mehr rot, aber plötzlich sieht er wieder etwas verunsichert aus. »Oh, ich weiß; ich wollte mich nicht darüber lustig machen. Gut für dich, die Sache mit deinen Prinzipien.« (Ich kann nicht sagen, ob das sarkastisch gemeint ist oder nicht.)

Dann sagt er plötzlich: »Hey, ich lese gerade ein GTO-Manga. Ich bring's mal mit und zeig es dir, wenn du Lust hast?«

»Hmmm, ja, okay, gerne«, sage ich verwirrt. »Klingt gut.« Meinetwegen, denke ich. Das glaube ich erst, wenn ich es sehe.

♥ ♥

Es war abzusehen, dass Tanya ihren Button nicht tragen will. Aber als sie mich beim Mittagessen abfängt und ich ihn ihr zeige, sagt sie, dass sie ihn für »verflucht genial« hält. Sie ist nicht ganz bei der Sache, weil sie so sauer darüber ist, dass sie schon wieder nachsitzen muss. Wenn ich sie richtig verstehe, wird sie damit für ihre Rumschreierei bestraft, aber mir gegenüber besteht sie darauf, dass sie das gar nicht war und dass man sie »reingelegt« hat.

»Ich hasse diese Schule«, sagt sie. »Ich hasse die Hillfern Juniors! *Höll*fern Juniors schon eher. Kannst du darüber nicht mal einen Cartoon für mich machen, Toons? Dass dieser Ort hier die Hölle ist?«

»Äh, ja klar«, höre ich mich sagen. Na super. Jetzt habe ich Cartoon-Hausaufgaben.

♥ ♥

Okay. Alle, die bei ACE dabei sind, tragen ihre Anstecker. Mir wird bewusst, dass ich bis jetzt eigentlich ein bisschen unehrlich zu ihnen war. Ich habe noch keinem von ihnen erzählt, dass wir auch Feinde haben. Das Mittagessen ist zu Ende, und ich habe sie alle vor meinem Klassenraum versammelt, damit wir unser neues geheimes Erkennungszeichen »üben« können.

Ich weiß nur zu gut, dass auch Natalie und Amelia jeden Moment wieder zur Klasse zurückkommen und uns dann in unserer vollen Persönliche-Buttons-Pracht sehen werden. Und genau so ist es auch. Wie auf Stichwort treffen sie ein.

»Oh, nein wirklich, na das ist ja tragisch«, sagt Amelia völlig überheblich, als sie erkennt, was wir da machen. »Wen nennst du hier tragisch?«, sagt Emily verärgert. »Die sind nur neidisch, weil wir in einer besseren Bande sind als sie«, sage ich zu Emily.

»Oh, seid ihr auch in einer Bande?«, fragt Fatimah sie. Alle haben jetzt damit aufgehört, das geheime Erkennungszeichen zu üben. Amelia mustert sie mit einem Blick, als ob sie sich nicht entscheiden kann, ob Fatimah einen Witz macht oder nicht. »Und ich schätze mal, dass ihr jetzt auch alle Anstecker habt, stimmt's?«, sagt sie beleidigt.

Sie und Natalie schauen uns alle an.

»Ja, die haben wir«, sagt Emily. »Jessica war die halbe Nacht auf und hat sie selbst gemacht, und sie sind einfach genial.«

»Oh, wow, die hast du selbst gemacht?!« Es gelingt Natalie nicht gut zu verstecken, wie beeindruckt sie ist. »Lasst mal sehen.« Sie sieht sich einige der Buttons genauer an. »Ich mag den Delfin.«

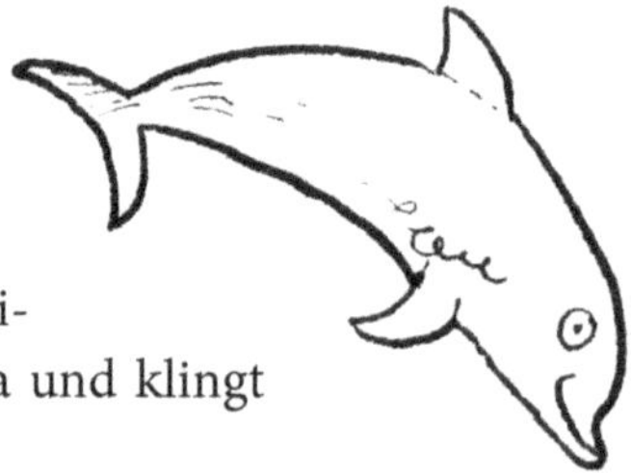

»Also, mir gefällt kein einziger von denen«, sagt Amelia und klingt zunehmend verärgert.

»Oh, ähm, ja, ich mag sie natürlich auch nicht *so* gerne«, versucht Natalie zurückzurudern. »Also, sollen wir jetzt Angst vor dir kriegen, Jessica? Willst du uns bekämpfen oder so was?,« fragt Amelia. »Geht es darum?«

Mal ehrlich, was ist sie nur für eine Heuchlerin! *Sie* hat doch ihren Spaß daran, ihre Gang zusammenzutrommeln, damit sie auf *mir* herumhackt. An meinem eigenen Tisch. Und dabei hat sie im Moment überhaupt noch keiner von uns angegriffen; sie ist doch auf *uns* losgegangen!

»Nein, Amelia«, sage ich. »Wir sind ja wohl kaum die *Crips*

und die *Bloods.*« (Alles klar. Ich muss unbedingt auch noch die Namen von ein paar anderen Banden lernen.) »Nur damit ihr immer daran denkt, dass es uns auch noch gibt. Es könnte ja sein, dass ihr in Zukunft etwas vorsichtiger sein möchtet, mit wem ihr euch zusammentut.«

»Das klang ja wie eine Drohung«, sagt Amelia. »Ist es das, was du vorhast, Jessica? Wenn ich dich verfluche, dann soll es mir jemand aus deiner Bande heimzahlen? Sieht so euer Plan aus? Verteidigt ihr gegenseitig eure Ehre?«

»So was interessiert mich gar nicht«, sagt Shantair. (Shantair ist ziemlich pazifistisch.)

»Wie bitte?«, sagt Amelia.

»Das interessiert mich alles nicht«, erklärt Shantair. »Ich finde, das ist ein affiger Grund, um miteinander zu streiten.«

Ich könnte mich totlachen über Shantairs ehrlichen Kommentar, tue es aber natürlich nicht. Der war gut, Shantair, denke ich.

»Ja, wir sind offensichtlich eine friedlichere Spaß-Bande als ihr«, sage ich. »Wir wollen nur ein bisschen rumhängen und uns amüsieren und so.«

»Oh, gut, na dann viel Spaß beim Rumhängen«, sagt Amelia. »Im Übrigen hängen wir auch rum. Viel mehr als ihr sogar. Und wahrscheinlich auch an viel besseren Orten.« Amelia scheint nicht mehr ganz so cool bleiben zu können.

Natalie nimmt sie am Arm und führt sie von uns weg in den Klassenraum. Sie wirft noch einen Blick zurück in Richtung des Delfin-Ansteckers und dann sind sie verschwunden. Ich finde, das lief alles ziemlich gut, wenn man bedenkt …

Ich meine, zugegeben, Amelia will

mich umbringen. Aber ich glaube, Natalie wünscht sich wirklich, sie hätte auch einen von meinen selbst gemachten Ansteckern. Wie gut ist das denn?

9. kapitel

Ich bin sehr zufrieden mit mir, als ich später am Abend an meinem Schreibtisch sitze und für Tanya meine Zeichnung von unserer »Höllenschule« koloriere. Im Hintergrund habe ich ein Gebäude eingezeichnet, das ringsum in Flammen steht, mit einem Schild über dem Tor, auf dem in gespenstischer Halloween-Schrift »Höllfern Juniors« steht. Es rennen auch ein paar schreiende Leute auf dem Bild herum. Ich finde, es sieht irgendwie cool aus. Ich hoffe, dass es Tanya gefallen wird.

Zum Glück war keins der ACE-Mitglieder sauer auf mich, dass ich Amelias und Natalies Bande nicht schon früher erwähnt hatte. Sie fühlen sich durch sie gar nicht weiter gestört. Sie finden nur, dass Amelia überreagiert hat und ziemlich albern ist. Ich gehe irgendwie immer davon aus, dass sich alle Leute von Amelia genauso eingeschüchtert fühlen wie ich, aber zum Glück stimmt das gar nicht.

Natürlich wird sie sich rächen. Und wenn sie es tut, wird das vermutlich nicht sehr schön sein. Aber aus irgendeinem Grund fühle ich mich von der Tatsache, dass Natalie meine Buttons scheinbar wirklich mochte, sehr bestärkt. Vielleicht ist es auch ein Zeichen dafür, dass diese ganze Bandensache ein bisschen zu weit gegangen ist und dass niemand wirklich die Absicht hatte, dass es sich so albern entwickelt, und dass wir vielleicht lieber alle wieder Freunde sein sollten?

Ich meine, ich wollte eigentlich nur mal klarstellen, dass ich Amelias Verhalten bescheuert finde. Ich hatte gar nicht vor, mich richtig mit ihnen zu verfeinden. Ich hatte irgendwie gehofft, sie würden sagen: »Hey, du bist ein echt ernst zu nehmendes Gegenüber. Wir haben dich falsch eingeschätzt und werden dich nie wieder ärgern«, oder so was. Ihr wisst schon, das, was man erwartet, wenn man sich gegen Schikanen und Mobbing wehrt – sie ärgern dich nicht nur nicht mehr, nein, du gewinnst auch noch ihren Respekt. Oder irgendwie so was. Ich weiß nicht.

Jedenfalls, die Sache ist die – ich *habe* meinen Standpunkt klargestellt. Da bin ich mir ziemlich sicher. Und das macht mich wirklich sehr froh.

Aber wann lerne ich endlich dazu? Du solltest dir deiner Sache nie zu sicher sein, Jessica. Niemals. Es macht alles so viel schwieriger, wenn du dann wieder mit der Realität zurechtkommen musst.

Heute Morgen (Mittwoch) betrat ich meine Klasse. Von Natalie und Amelia war nichts zu sehen. Auf meinem Tisch lag eine edle Karte mit einem Aufdruck in Pink und Silber. Dort stand: »*Liebes CAC-Mitglied. Du bist hiermit zu einem offiziellen CAC-Ausflug an diesem Wochenende eingeladen …*«

Dann wurde dort aufgelistet, wo sie sich treffen (das Einkaufszentrum) und was sie unternehmen würden (das Kino und das Pizza-Restaurant), und man wurde sogar noch daran erinnert, genug Geld für Popcorn und solche Sachen mitzubringen.

Als ich die Einladung so in der Hand hielt, dachte ich für eine Sekunde, dass sie vielleicht wirklich für mich gedacht sei. Ich meine, sie hatten sie auf *meinen* Tisch gelegt. Vielleicht tat es Natalie und Amelia wirklich leid, dass die Dinge so blöd gelaufen und eskaliert waren, sodass sie mich vielleicht jetzt doch in ihrer Bande dabeihaben wollten?

Irgendetwas sagte mir sofort, dass das wohl eher unwahrscheinlich sei, aber aus welchem Grund auch immer hielt mein Gehirn an der Vorstellung fest und spielte mir einmal das komplette Szenario vor. Natalie hätte Amelia wahrscheinlich überreden müssen und vielleicht gesagt: »Schau mal, Amelia, Jessica ist meine beste Freundin und entweder ist sie dabei oder ich bin draußen«, und Amelia hätte ihr ihren Willen lassen müssen.

Ich stellte mir vor, wie Natalie und Amelia ins Klassenzimmer zurückkamen und Natalie mich anflehte, doch wieder ihre Freundin zu sein, und ich sagen würde: »Das ist schon okay, natürlich vergebe ich dir! Hör mal einen Moment auf zu reden. Lass uns einfach wieder beste Freunde sein!« Und dann würden wir uns umarmen und ein Orchester würde im Hintergrund spielen und der Rest der Klasse würde jubelnd applaudieren. Wie ich schon sagte, die Idee trug mich irgendwie auf und davon. Ich bewegte mich noch immer in diesem Tagtraum und hielt die Einladung in der Hand, als Natalie und Amelia tatsächlich ins Klassenzimmer zurückkamen.

Nur dass Amelia sagte: »Iiieh, Du-weißt-schon-wer fasst gerade eine von unseren schönen Einladungen an.« Und als ich sagen wollte: »Das ist schon okay, ich verg…«, sagte Amelia:

»Wie bitte?« Und ich sagte dann schnell: »Schon okay, ich habe eure Einladung gefunden. Ihr habt sie auf meinem Tisch vergessen«, und gab sie ihr zurück.

Und jetzt stehe ich hier, schaue sie an und versuche, nicht in Tränen auszubrechen, weil ich so enttäuscht darüber bin, dass Natalie nicht wie in meiner Fantasie wieder meine Freundin sein will.

»Na, immerhin hast du sie nicht schmutzig gemacht«, sagt Amelia fies und untersucht die Karte ganz genau. Ganz plötzlich werde ich sehr ärgerlich, auch wenn ich gleichzeitig hoffnungslos nah dran bin loszuheulen.

»Ganz offensichtlich habt ihr sie ja absichtlich auf meinem Tisch liegen gelassen, weil ihr wolltet, dass ich sie finde«, sage ich. »Ich glaube, ihr müsst noch mehr an eurer Geheimhaltung arbeiten, Amelia. Nicht gerade eine sehr geheime Bande im Moment, stimmt's?«

»Alles klar, jetzt beruhige dich mal«, sagt Amelia und amüsiert sich ganz offensichtlich. »Es gibt wirklich keinen Grund, deswegen gleich sauer zu sein – außer … Ach, du hast doch nicht ernsthaft gedacht, die Karte wäre für dich, oder?«

Sie grinst hämisch.

Ich hasse Amelia. »Natürlich nicht«, lüge ich.

»Ich meine, nur weil sie auf deinem Tisch lag«, fügt Amelia hinzu.

»Warum lag sie denn auf meinem Tisch?«, frage ich. »Ich meine …«

»Aha! Du dachtest also *tatsächlich*, dass sie für dich sei!« Sie lacht und stupst Natalie an. »Ohhh, das ist ja sooo traurig«, kichert sie. »Als ob wir dich dabeihaben wollten, womöglich noch in deiner Pseudo-Armani-Jacke.«

»Ich glaube, ihr wolltet, dass ich denke, die Einladung sei für mich«, sage ich. »Ich glaube, dass ihr versucht, mich mit ganz gemeinen Tricks reinzulegen.«

»Oh, na sieh mal an, das musst du gerade sagen!«, sagt Amelia. »Aber immerhin denke ich mir meine Tricks *selbst* aus, statt ständig die von anderen zu kopieren.«

»Und wenn schon«, sage ich. »Und fürs Protokoll: Ich habe nicht gedacht, sie sei für mich. Und selbst wenn ich das gedacht hätte, hätte ich gar nicht kommen können. Tatsächlich habe ich am gleichen Tag schon Pläne mit meiner eigenen Bande. Wir machen sogar noch lustigere Sachen als ihr, aber anders als bei euch bleiben sie bei uns auch tatsächlich geheim!«

Und dann drehe ich mich auf dem Absatz um und stürme aus dem Klassenzimmer. Ich höre Amelia hinter mir herzischen: »Ja, klar, Lügnerin«, und Natalie etwas murmeln, das klingt, als könne es heißen: »Lass es.« Aber ich drehe mich nicht noch einmal um.

Ich renne direkt auf die Toilette, schließe mich in einer der Kabinen ein und weine mindestens fünf Minuten lang. Ich kann nicht glauben, dass ich wirklich gehofft hatte, Natalie wolle mich in ihrer Bande haben. Ich kann gar nicht sagen, wie enttäuscht ich darüber bin, dass ich mich getäuscht habe. Ich hatte gedacht, ich wäre jetzt ganz stark. Ich dachte, ich wäre cooler geworden und unabhängiger. Was ist denn mit mir nicht in Ordnung?

Ich komme wieder aus der Kabine, wasche mir am Waschbecken das Gesicht mit kaltem Wasser und fühle mich etwas besser. Ich *will* cool und unabhängig sein. Ich trockne mir das Gesicht ab und betrachte mich im Spiegel. Man sieht natürlich, dass ich geweint habe. Ich *muss* doch cool und unabhängig sein. Ich starre so lange auf mein Gesicht, bis es langsam anfängt, wieder normaler auszusehen. Ich *werde* cool und unabhängig sein.

Die Glocke läutet zum Schulbeginn. Okay. Cool und unabhängig. Gleich nachdem ich für dieses Wochenende einen spontanen geheimen Bandenausflug organisiert habe.

♥ ♥

Ganz ehrlich, ihr könnt euch nicht vorstellen, wie schwer es ist, einen spontanen geheimen Bandenausflug für ein Wochenende zu organisieren!

Nach der Schule versuche ich es zuerst bei Shantair und Cherry im Schachclub, aber sie haben beide schon was vor. Cherry hat am Samstag eine Klarinettenprüfung und Shantair muss zur Theaterprobe. Sie sind nicht bereit, ihre Pläne zu ändern, nicht mal, als ich sage, dass wir alles machen können, was sie wollen – Kino, Hüpfburg, egal was. Sie sagen mir nur, ich würde nicht zuhören und ich hätte »es nicht begriffen«.

♥ ♥

Auch mit Tanya habe ich am nächsten Tag einfach kein Glück, als ich ihr endlich den Höllen-Cartoon geben kann, den ich in der Pause nach unserer Mathe-Stunde für sie gezeichnet habe.

»Oh, Toons, das ist unglaublich, unglaublich!« Sie klopft mir auf den Rücken, und ich versuche, nicht ins Schwanken zu geraten. »Also, wie wär's am Samstag?«, frage ich sie, während die Leute an uns vorbeihasten. »Kann nicht, hab Hausarrest bekommen! Weil ich nachsitzen musste!«

»Oh nein«, sage ich. Fast will ich noch hinzufügen: »Kannst du dich nicht rausschleichen? Oder anbieten, dass du das Staubsaugen übernimmst, oder so was?«, als Tanya mich damit verblüfft, dass sie sagt: »Also, ich geh dann mal in die Bibliothek.«

»Du gehst in die … Bibliothek?«, frage ich vorsichtig und versuche dabei, nicht zu überrascht zu klingen. »Ja klar«, antwortet Tanya. »Ich muss hiervon doch Fotokopien machen, oder?« Sie winkt mir mit meinem Höllenschule-Cartoon zu.

»Du … *kopierst* das?«

»Ja klar. Hundertpro. Ich denke mal, ich fange mit 100 Stück an. Was meinst du? Ich werde das überall in der Schule aufhängen. Damit werde ich es ihnen zeigen. Niemand verdonnert Tanya Harris ›Das Tier‹ ungestraft zum Nachsitzen.« Damit schreitet sie stolz den Korridor hinunter.

Oje! Gott sei Dank habe ich meinen Namen nicht draufgeschrieben. Wow. Ich hoffe wirklich, dass ich deshalb keinen Ärger kriege. Ich meine, niemand außer Tanya weiß, dass ich das gezeichnet habe … hmmm.

In Kunst frage ich Emily, Megan und Fatimah. Sie sind meine letzte Chance, aber unverständlicherweise will auch keine von ihnen mit mir einen spontanen geheimen Bandenausflug machen. Oder ist beschäftigt. Was auch immer.

»Es ist das Wochenende mit meinem Vater«, erklärt Emily und sieht gequält aus (und, um ehrlich zu sein, so, als wäre sie eigentlich viel lieber mitgekommen). »Sonst sehe ich ihn wieder zwei Wochen lang gar nicht.«

Plötzlich fühle ich mich schlecht. »Oh nein, das ist doch cool. Mach dir mal deswegen keine Sorgen«, sage ich. »Wir machen ja auch noch andere Ausflüge, dann, wenn du Zeit hast.«

Ich meine, genau darum sollte es doch eigentlich bei all dem gehen, oder? Sachen zu planen und mit Leuten rumzuhängen, die man gerne mag (wenn sie Zeit haben). Nicht darum, Rache zu nehmen. Was ist nur aus mir geworden? Amelia hat wirklich meine dunkelste Seite zutage befördert.

»Au ja! Lass uns ein andermal einen Ausflug machen!«, kreischt Megan, die auch ihren Vater besucht. »Das fände ich auch toll!«, stimmt Fatimah zu, die ihre Cousinen in Manchester besuchen muss.

»Abgemacht«, sage ich und wir machen unser geheimes ACE-Erkennungszeichen. Terry und Joshua beobachten uns misstrauisch, aber wortlos.

10. kapitel

Der Samstag ist viel zu schnell da, und ich habe immer noch keine Pläne fürs Wochenende und niemanden, mit dem ich rumhängen könnte. Ryan war heute Morgen schon zweimal in Schwierigkeiten, einmal dafür, dass er zu laut war, und einmal, weil seine Spielsachen schon wieder überall herumliegen.

Ich leiste meiner Mutter in der Küche Gesellschaft, wo sie getrocknete Linsen und Kichererbsen in verschiedenen Schüsseln einweicht. (Ja, wir sind auf unserem Sparkurs in dem Stadium mit den Hülsenfrüchten angekommen.) Ich bin sicher, dass meine Mutter bald einkaufen gehen wird. Es kann wirklich nicht mehr viel zu essen in den Schränken übrig sein.

Ich betrachte für einen Moment meine Mutter und die Linsen. »Also, ähm, ist der Sparkurs fast vorbei?«, frage ich sie.

»Oh nein, du nicht auch noch, Jessica«, blafft Mum. »Das hier ist wirklich hart genug, auch ohne deine andauernden Klagen.«

»Ich hab gar nicht geklagt, es ist nur …«

»ICH BIN EIN ASTRONAUT! ICH BIN EIN ASTRONAUT! ICH BIN EIN ASTRONAUT! ICH BIN EIN ASTRONAUT!«

Ryan kommt in die Küche gerannt, knallt mit einem Schläger gegen die Küchenschränke und unterbricht unser

Gespräch sehr wirkungsvoll. »Ryan! Halt doch mal die Klappe!«, kreische ich ärgerlich. Und Ryan rennt wieder hinaus.

»Schrei bitte nicht so, Jessica«, sagt meine Mutter erschöpft. Und dann: »Dein Bruder treibt mich in den Wahnsinn.«

»Ach nee, sag bloß«, brumme ich.

»Könntest du ihn heute nicht mitnehmen, wenn du rausgehst?«

»Ich gehe heute nicht raus.«

»Ich dachte, du gehst heute mit deinen Freundinnen ins Kino?«

»Ja, das wollte ich auch, aber am Ende hatte dann leider doch niemand Zeit.«

»Nicht mal Natalie?« Meine Mutter sieht lange genug von ihrer Arbeit auf, um mich durchdringend anzustarren. »Wie geht es ihr denn eigentlich? Wir haben sie hier ja jetzt schon ewig nicht mehr gesehen.«

»Ja, das letzte Mal ist schon ganz schön lange her, glaube ich.« Ich starre zurück.

»Hat das irgendeinen besonderen Grund?«, fragt meine Mutter und starrt mich immer noch an. Ich erwäge kurz, ihr die ganze Sache zu erzählen, aber das ist wirklich ein No-go. Man kann sich darauf verlassen, dass sie sich mindestens in eine von zwei Angelegenheiten einmischen wird. Sie wird entweder: (a) sich auf Natalies Seite schlagen und mich dazu bringen, mich bei ihr zu entschuldigen; oder (b) sich auf meine Seite schlagen, Lisa anrufen und dann Natalie dazu bringen, sich bei mir zu entschuldigen. Ich kann weder das eine noch das andere gebrauchen.

»Nein, das hat keinen besonderen Grund«, antworte ich ausdruckslos.

Meine Mutter sieht nicht so aus, als würde sie mir glauben, entscheidet sich dann aber doch dafür, mich nicht weiter auszuquetschen. Sie wendet sich wieder den eingeweichten Hülsenfrüchten zu. »Grüß sie mal lieb von mir, ja?«, sagt sie eindringlich.

»Ja, ja«, antworte ich müde. Natalie legt keinen Wert auf deine lieben Grüße, denke ich. Sie ist zu beschäftigt damit, gemein zu mir zu sein.

»Aber warum unternimmst du dann stattdessen nichts mit Ryan?«, schlägt meine Mutter vor.

Ha. Ja, jetzt verstehe ich. Das ist ja sehr clever. Du willst, dass ich deinen Elternjob übernehme. Keine Chance.

»Lieber nicht«, sage ich.

»ICH BIN EIN ASTRONAUT! ICH BIN EIN ASTRONAUT! ICH BIN EIN ASTRONAUT! ICH BIN EIN ASTRONAUT!«, kommt Ryan wieder hereingerannt und schlägt erneut laut gegen die Schränke.

»RYAN! RAUS!«, schreit meine Mutter. Ich springe auf.

Ryan rennt weg. »Lass es mich so sagen«, sagt meine Mutter und dreht sich wieder zu mir um. »Du gehst heute raus und du nimmst Ryan mit. Und du kommst am besten nicht vor drei Stunden zurück. Ich muss ihn dringend mal aus dem Weg haben.«

Das ist mal wieder typisch. Ich kann nicht glauben, dass ich an *meinem* Samstag etwas mit Ryan unternehmen muss. Und als ob das nicht schon schlimm genug wäre, kann ich noch nicht mal aussuchen, wohin wir gehen, weil Ryan das tut. Wie unfair ist das denn?

Ich habe den Park vorgeschlagen, weil ich damit rechne, dass Ryan sich dort etwas von seiner überschüssigen Energie abrennen kann, aber Ryan besteht darauf, sich einen neuen Film im Kino anzusehen. Und meine Mutter gibt uns sogar Geld dafür, nur um ihn zum Schweigen zu bringen. Geld! In einer Sparphase! (Wenn man bedenkt, dass ich noch nicht mal eine Button-Maschine haben durfte!)

Wahrscheinlich muss ich ihr auch noch dankbar dafür sein, dass sie es geschafft hat, ihm die ganzen Sachen wieder auszureden, die er einpacken wollte. Ursprünglich wollte er seinen Astronautenhelm, seine Keule und den Winnie-Puuh-Bären mitnehmen. (Eine Kombination, die ihn ehrlich gesagt leicht irre aussehen lässt.) Wir überzeugten ihn davon, die Keule zu Hause zu lassen. Aber er bestand darauf, dass Winnie-der-Puuh-Bär den Film auch sehen wollte. Schließlich konnte Mum ihm den Helm abnehmen und sagte ihm, dass er dem Winnie-der-Puuh-Bären später eben alles über den Film erzählen müsse. Ein Albtraum.

Jetzt sind wir im Einkaufszentrum, und ich bin in Panik, dass wir mit CAC zusammentreffen und sie sehen könnten, dass ich definitiv gelogen habe, was den genialen Ausflug mit meiner Bande angeht, und dass ich stattdessen mit meinem sechsjährigen Bruder rumhänge, als ob er mein einziger Freund wäre.

»Hey, Jessica.« Ich wirbele herum und sehe Joshua, der gleich neben dem Eisstand steht. »Oh, äh, hallo«, sage ich, erleichtert darüber, dass er kein anderer ist. Es ist ganz seltsam, ihn mal ohne seine Schuluniform zu sehen. Aus irgendeinem Grund sieht er in Jeans und T-Shirt älter aus.

»Wer bist du?«, will Ryan wissen.

»Ich bin Joshua«, sagt Joshua. »Ich mag deinen Anstecker«, fügt er hinzu und schaut auf den ACE-Astronauten-Cartoon-Button, den ich für Ryan gemacht habe. (Ryan hatte darauf bestanden, ihn sich anzustecken. Verglichen mit dem Rest, den er eigentlich hatte mitnehmen wollen, schien mir das nur eine Lappalie zu sein.)

»Ich bin ein Astronaut«, sagt Ryan stolz. »Meine Schwester hat ihn mir gemacht.«

»Sie ist sehr begabt«, sagt Joshua und lächelt mich an.

»Aber nur im Zeichnen«, sagt Ryan, was Joshua und mich zum Lachen bringt.

Ich warte auf eine passende Gelegenheit, um »Also dann, wir sehen uns noch« zu sagen, aber stattdessen steigen wir irgendwie in eine richtige Unterhaltung ein. Nicht nur das, Ryan fängt auch noch an, Joshua über allen möglichen Weltraumkram auszuquetschen, und die beiden, na ja, scheinen sich irgendwie echt gut zu verstehen. Insgeheim frage ich mich, ob ich sie nicht kurz sich selbst überlassen und eine kleine Runde durch die Geschäfte drehen könnte. Aber ehe ich's mich versehe, hat Ryan uns zu der Tafel mit den Filmen hinübergelotst, wir entdecken, dass wir fast noch eine Stunde auf den nächsten Film warten müssen, und Ryan lädt Joshua ein, doch mit uns zusammen ins Kino zu gehen. »Ryan, Joshua will bestimmt keinen albernen Kinderfilm mit uns gucken«, sage ich.

»Das macht mir eigentlich nichts aus«, sagt Joshua. »Ich treffe meine Freunde sowieso erst später. Ich wollte nur mal raus von zu Hause. Aber natürlich nur, wenn es dir nichts ausmacht?«

Die Frage scheint an mich gerichtet zu sein. »Natürlich macht es ihr nichts aus«, sagt Ryan.

»Nein, cool«, sage ich, »wenn du denkst, dass du dich wirklich nicht langweilst?«

Wir kaufen die Karten und überlegen dann, was wir als Nächstes machen könnten. Ryan entdeckt ein paar Meter weiter ein knutschendes Paar und sagt: »Urgs, die küssen sich. Bazillen.« Joshua und ich kichern. Von unserem Lachen angespornt, brüllt Ryan plötzlich: »Hey! Sucht euch ein Zimmer!«

Das Paar löst sich erschrocken voneinander und sieht sich überrascht um.

»Ryan!«, sage ich und ziehe ihn weiter. »Wo hast du das denn bloß her?«

»Wahrscheinlich aus dem verdammten Fernsehen«, sagt Ryan zögerlich und macht ziemlich genau den Gesichtsausdruck meiner Mutter nach.

Ich versuche krampfhaft, nicht zu lachen. »Ryan, hör auf, hier so eine Show abzuziehen«, sage ich bestimmt. Ich meine, es ist lustig, aber sechs ist vielleicht noch ein bisschen zu jung, um sich wie ein Halbstarker zu benehmen. »Nein, ich glaube nicht, dass ich mich langweilen werde«, sagt Joshua.

Ich habe das Gefühl, dass ich Ryan lieber hier wegbringen sollte, bevor dem Paar klar wird, dass er es war, oder er noch jemand anderem hinterherbrüllt. Joshua scheint meine Gedanken lesen zu können.

»Hey, ich kenne da unten so einen Laden, in dem man Slush-Eis bekommt – wir müssen ja noch etwas Zeit totschlagen«, sagt er.

»Perfekt«, sage ich und wir setzen uns in Bewegung.

Ich frage mich kurz, wie viel Zeit Joshua wohl so im Einkaufszentrum verbringt, denn er scheint sich ziemlich gut auszukennen. (Er wird sogar leicht sauer, als wir ein Schild zu einem Coffee-Shop sehen, von dem er schwört, dass es ihn gar nicht gibt.) Aber im Großen und Ganzen ist er eigentlich ziemlich entspannt.

Als wir nach unten steuern und uns dabei unterhalten und Witze machen, wird mir plötzlich bewusst, dass ich mich irgendwie richtig *amüsiere*. Ich entspanne mich ein bisschen. Joshua ist wirklich lustig. Er hat diese freche, dreiste Art, die auch meine frechen und dreisten Charakterzüge weckt. Mehr als sonst jedenfalls.

»Da ist noch eins«, sagt Joshua und zeigt auf ein Schild, auf dem *Groß, dunkel* und *Kaffee* steht. »Ich frage mich, wo dieses Café sein soll?«

Joshua besteht darauf, *Groß, dunkel* und *Kaffee* zu finden. Wir folgen allen Schildern, die darauf verweisen, und gehen zweimal im Kreis. Ryan wird langsam nervös. »Ich dachte, wir holen uns jetzt Slushies?«, quengelt er.

Joshua steigt klugerweise aus. »Okay, ich geb's auf«, sagt er. »Gehen wir Slushies holen.«

Am Slush-Stand ist ziemlich viel los, aber es gelingt uns, einen Tisch zu ergattern, und die Zeit, die wir dort abhängen, ist ziemlich lustig. Joshua und ich witzeln und frotzeln herum. Um mich zu übertrumpfen, rülpst Joshua laut und sagt dann »Also Jessica!« zu mir, so als ob *ich* es gewesen wäre. Ganz schön frech! Aber es macht Spaß. Ryan fällt fast vom Stuhl, weil er so viel lachen muss.

Sogar der Film, den wir uns ansehen, ist für einen Kinderfilm gar nicht mal schlecht. Ich weiß nicht, ob ich das zugeben soll, aber ich musste an zwei Stellen richtig laut loslachen. (Auch wenn ich das Ende schon kilometerweit vorhersehbar fand.)

Als wir anschließend alle wieder nach draußen marschieren und Ryan wahllos jede Kleinigkeit des Films mit dem Wort »hammermäßig« beschreibt, wird mir klar, dass ich wirklich einen richtig schönen Tag hatte.

Joshua entdeckt auf dem Weg aus dem Kino seine Freunde und winkt einer Gruppe von ungefähr zehn Jungs zu. Ich erkenne sie aus der Schule wieder. Ich glaube, die Hälfte von ihnen ist im Basketballteam (ohhh, nein, inklusive Joe und Daniel), und sie tragen alle Jeans, so wie Joshua.

Sie winken zurück und rufen ihm »Hey, hey!« zu.

Meine gute Laune verschwindet fast vollkommen und ich werde sofort nervös. Ich weiß gar nicht, warum. Ich meine, es ist ja nicht so, dass Jungs mir Angst machen würden. Es ist noch nicht mal so, dass ich sie nicht leiden kann oder so. Ich bin nur einfach nicht so oft mit ihnen zusammen. Und in der Vergangenheit waren es bisher meistens eher Jungs als Mädchen gewesen, die mir irgendetwas Blödes hinterhergerufen hatten (wie zum Beispiel dieses »Uuuuuh, Schachclub«). Und meistens sind es größere Gruppen von Jungs, die das tun, und nicht nur ein oder zwei von ihnen. Oh Gott, ich hoffe, dass sie mir nicht vor Joshua und Ryan etwas zurufen. Das wäre soooo peinlich.

Joshua und die anderen Jungs begrüßen sich mit einem

ziemlich lässigen Handschlag, viel cooler als unsere Bandenbegrüßung. Sie klopfen sich dabei sogar auf den Rücken und umarmen sich halb. Ich denke gerade darüber nach, ob ich das vielleicht klauen und damit schrittweise die ACE-Begrüßung aufmotzen kann, als einer von ihnen sagt: »Und wer ist das?« Ich fühle mich sofort total verkrampft.

»Oh, das ist Jessica«, sagt Joshua. »Du weißt schon, aus der Schule.«

»Und ich bin Ryan, Jessicas Bruder«, meldet Ryan sich zu Wort, um bloß nicht vergessen zu werden. Die ganze Gruppe Jungs mustert uns von oben bis unten. »Was ist das da auf deinem Anstecker?«, fragt einer von ihnen Ryan.

»Es ist ein Astronaut«, sagt Ryan und blickt stolz auf seinen Button. »Meine Schwester hat ihn mir gemacht«, fügt er noch hinzu. Die Jungs gucken weiter zwischen uns hin und her. Ich kann nicht abschätzen, ob sie jetzt gleich richtig gemein sein werden oder nicht. Plötzlich sagt einer von ihnen: »Warte mal, bist du vielleicht Toons?«

Sie starren mich alle an. Ich weiß nicht genau, was ich antworten soll, doch bevor ich dazu komme, sagt einer von ihnen: »Ja klar, das ist sie. Ich habe sie mit Tanya Harris gesehen. Du bist Toons, stimmt's?«

Ein »Mmmm« schaffe ich. (Woher kennen die alle meinen Spitznamen?)

»Hast du das hier gezeichnet?« Einer von ihnen, der Michael heißt, zieht blitzschnell ein Stück Papier aus seiner Tasche. Es ist eine Fotokopie des Cartoons, den ich von unserer Schule gemacht habe. Ohhh. Langsam dämmert's mir. Tanya hat sie wohl schon in der Schule verteilt. Und jedem dazugesagt, dass »Toons« das gezeichnet hat! Ach du Schreck!

»Ähm, ja, das hab ich gemacht«, sage ich.

»Das ist super!«, schreit Michael.

Und dann passieren tatsächlich zwei Sachen gleichzeitig.

Als Erstes werden die Jungs auf einmal alle richtig aufgeregt, grinsen sich gegenseitig an und fangen an, Give me five mit mir zu machen. Und zweitens marschieren gleichzeitig alle CACs aus dem Kino heraus, nachdem sie sich gerade ihren Film angesehen haben.

Das heißt, das Erste, was sie sehen, bin ich – umringt vom halben Basketballteam, das mich beglückwünscht und mir auf die Schulter klopft.

Ich weiß natürlich, dass, wenn ich stark und unabhängig und all das werden will, dies genau die Art von Sache ist, die mir wirklich völlig egal sein müsste. Aber ich kann es nicht ändern. Dieses unglaubliche Erlebnis macht den heutigen Tag zum besten Tag aller Zeiten für mich.

Best Day
EVeR

11. kapitel

Ach, das Leben ist schön! Als Ryan und ich später nach Hause kommen, riecht es überall ganz köstlich nach Curry.

»Was glaubst du, wie spät es ist?«, sagt meine Mutter anstelle eines »Hallo« oder vielleicht sogar »Vielen Dank, dass du heute etwas mit meinen Albtraum von Kind unternommen hast«.

»Ich war gerade schon kurz davor, dich anzurufen. Das Essen ist fertig.«

Also ehrlich. Erst will sie, dass wir ganz lange verschwinden, und dann ist sie deswegen sauer. Manchen Leuten kann man es wirklich nie recht machen. Glücklicherweise bin ich gerade viel zu *entspannt*, um mich auf so was einzulassen.

»Meine Güte, Mum, du bist aber auch nie zufrieden, oder?«, antworte ich. (Na ja, zugegeben, nur beinahe *zu entspannt.*)

»Entschuldige, Liebes«, sagt sie. »Ich habe mir einfach Sorgen gemacht. Vielen Dank, dass du heute etwas mit Ryan unternommen hast. Du bist wirklich ein liebes Mädchen.« Sie küsst mich auf den Kopf und wir setzen uns alle zum Essen.

»Und ich bin auch lieb«, ergänzt Ryan, weil er sich anscheinend ausgeschlossen fühlt. »Nach dem, was ich so gehört habe, warst du heute Morgen aber eine ganz schöne Nervensäge«, sagt mein Vater, der allen etwas Reis auftut.

»Na ja, so sind Jungs eben«, sagt meine Mutter. »Hast du dich denn jetzt wieder beruhigt, mein Süßer?« Meine Mutter sieht Ryan liebevoll an und leidet ganz offensichtlich an akutem

Gedächtnisverlust. Es scheint, als hätte sie nicht die geringste Erinnerung mehr an den vorausgegangenen Astronautenaufstand.

Wunderbarerweise ist diese Mahlzeit einfach köstlich. Meine Mutter hat zwei verschiedene Currys gemacht. Eins wird *Tarka Dahl* genannt und besteht aus einer Unmenge von Linsen. Das mit den Kichererbsen nennt sich *Chana Masala*. Es schmeckt wahnsinnig lecker.

»Mum, es schmeckt wahnsinnig lecker«, sage ich mit vollem Mund. Ich schlucke. »Das ist mein absolutes Lieblingsessen aus unserer Sparphase, ohne Einschränkung.«

»Nun, das ist gut«, sagt meine Mutter und sieht sehr erfreut aus. »Es hat auf jeden Fall auch am längsten gedauert.« Wir fangen an, uns gemeinsam über den Film zu unterhalten, was so viel heißt wie, dass Ryan in einen aufgeregten Monolog verfällt, während meine Eltern nicken und sagen, »Oh, ja?«, und sich immer wieder gegenseitig anlächeln, weil er so niedlich aussieht, wenn er so lebhaft erzählt. Ausnahmsweise scheinen wir alle mal richtig glücklich zu sein.

Ich jedenfalls fühle mich ganz sicher so glücklich wie seit Jahren nicht mehr. Innerlich erlebe ich immer und immer wieder, wie unfassbar toll es war, als das halbe Basketballteam mir gratulierte! Das war so ein überwältigendes Gefühl. Und Amelias Gesicht! Unbezahlbar. Ich seufze zufrieden.

Ich wusste ja schon immer, dass ich genial bin. Aber um ehrlich zu sein, ich hatte wirklich nicht erwartet, dass auch irgendjemand anders das spitzkriegen würde, bevor aus mir eine berühmte, exzentrische Cartoonistin in den Fünfzigern ge-

worden war. Seltsamerweise hatte ich immer diese eigenartige, vage Fantasie davon, »interessant« und »geheimnisvoll« zu sein und mir so was wie ein weibliches Äquivalent zu einem Bart wachsen zu lassen, was immer das auch sein konnte … wahrscheinlich war es auch so was wie ein Bart, nehme ich an … aber egal.

Der Höhepunkt meiner Karriere kommt meinem Zeitplan nach vierzig Jahre zu früh. Was seltsam ist. Aber wie auch immer, das macht ja nichts. Ich bin *berühmt* (wenn auch eher zufällig, aber immerhin für mindestens fünfzig Leute und mehr). Das ist die coolste Sache, die mir je passiert ist. Ich fühle mich, als könnte ich jetzt einfach alles erreichen. Als könnte ich es mit der ganzen Welt aufnehmen. Nichts hindert mich mehr daran.

Am liebsten möchte ich, dass dieser Tag niemals endet. Ich will einfach, dass es für immer so bleibt, dass er für immer andauert – als der Tag, an dem mir diese total geniale Sache passiert ist.

In meiner Hosentasche beginnt es zu vibrieren. Ich ziehe mein Handy diskret heraus und versuche, unter dem Tisch einen Blick darauf zu werfen (meine Eltern sind absolut gegen Handys beim Essen). Aber glücklicherweise sind sie immer noch hingerissen von Ryans begeisterter Filmbeschreibung. Ich klicke auf die SMS. Das ist eine Nachricht von Natalie!

Wie geht's dir? Was machst du heute noch? X

Bitte? Ich lese die SMS noch einmal. Dann lese ich sie noch einmal, nur um auf Nummer sicher zu gehen. Es ist schwierig, dabei nicht aufzufallen.

»Jessica? Was machst du denn da?«, fragt mein Vater.

»Nichts«, murmele ich, schiebe das Handy zurück in die Hosentasche und konzentriere mich wieder aufs Essen. Na ja, ein bisschen jedenfalls. Meine Gedanken rasen.

Was um alles in der Welt …? Mein erster Gedanke ist, dass sie vielleicht die falsche Nummer erwischt hat und die Nachricht eigentlich für jemand anderen bestimmt war. Ich meine, so was ist ja gerade erst passiert. Wenn auch in Form einer Karte.

Ob nun versehentlich oder gezielt, ich finde, es wirkt ein bisschen merkwürdig, dass sie mir so plötzlich eine SMS schickt. Ich werde sie einfach ignorieren. Darauf falle ich nicht noch einmal herein.

Nach dem Essen, ich bin gerade auf dem Weg in mein Zimmer, surrt mein Telefon noch einmal. Ich setze mich auf mein Bett und lese noch eine SMS von Natalie.

Hey Jess. Hast du heute Abend Zeit, Sweetie? Frage mich, ob du Lust hast, mit mir zusammen abzuhängen. X

Okay, also in dieser SMS steht jetzt auch noch mein Name. Sie ist ganz eindeutig an mich gerichtet. Trotzdem kann ich immer noch nicht ausschließen, dass das ein Trick ist … Also, wisst ihr, was? Mit so was kann ich mich jetzt einfach nicht beschäftigen. Das ist lächerlich. Ich hatte heute einen so tollen Tag. Ich werde mich einfach weiter gut fühlen und ich selbst sein und nicht krampfhaft darüber spekulieren, was Natalie nun wohl denken mochte. Ha.

Ich lege mein Telefon weg und fange an, einen Teil der sauberen Wäsche durchzusehen, die meine Mutter auf meinem Bett zurückgelassen hat. Mein Telefon fängt an zu klingeln. Ich schaue auf das Display und bin verwirrt. Natalie ruft mich an. Sie hat mich schon seit … na ja, schon ewig nicht mehr angerufen. Neugierig melde ich mich. »Hallo?«

»Jessica!«, höre ich Natalies Stimme sagen. »Baby, bin ich froh, dass du rangegangen bist. Als du meine SMS nicht beantwortet hast, hatte ich schon Angst, du hast vielleicht deine Nummer geändert oder so. Wie geht es dir?«

»Hmmm, gut … hmmm … warum rufst du an?«

»Was ist das denn für eine Frage? Hm, vielleicht, weil ich deine beste Freundin bin? Hör mal, mir kommt das alles so blöd vor, Jess. Wir müssen das wieder in Ordnung bringen.«

Ich fasse es nicht. Auf diese Worte warte ich sehnlichst, seit unser Streit angefangen hat (obwohl sie, um ehrlich zu sein, in meiner Fantasie mit sehr viel mehr Bedauern geäußert worden waren), aber jetzt, wo ich sie höre, bedeuten sie mir gar nichts mehr. Sie bedeuten mir absolut nichts mehr.

»Natalie, warum bist du auf einmal so erpicht darauf, wieder meine Freundin zu sein?«, sage ich. »Du lässt mich in der Schule doch immer total links liegen.«

»Hör mal, ich weiß, die ganze Situation hat sich total seltsam entwickelt. Ganz ehrlich, ich hab die letzten Wochen auch nicht gerade genossen.«

»Ha!«, platze ich heraus. »Ja, klar!« (Vielleicht ist mir die ganze Sache doch nicht ganz so egal. Aber nur, weil ich Wahrheit und Gerechtigkeit will.)

»Es hat aber so ausgesehen, als ob du dich dabei ganz gut amüsiert hättest. Außerdem habt ihr, du und Amelia, damit angefangen.«

»Ja, ich weiß. Ich war nicht gerade nett zu dir. Es tut mir wirklich sehr, sehr leid.« (Wow – sie hat sich wirklich entschuldigt.) »Ich finde es nur gerade sehr schwierig, euch alle auf einmal unter einen Hut zu kriegen.«

»Was soll das denn heißen?«, frage ich.

»Ich weiß nicht, nur … ich – ich mag dich wirklich sehr. Du bist meine beste Freundin und wirst es immer bleiben. Aber ich mag Amelia auch gern. Und ihr beide versteht euch nicht und ich fühle mich zwischen euch hin- und hergerissen. Das ist schwer.«

»Ich war immer freundlich zu Amelia«, sage ich wütend. »Aber sie hasst mich, Nat. Sie hackt die ganze Zeit auf mir herum, macht hässliche kleine Bemerkungen über mich und ist gemein zu mir. Sie ist diejenige, die es schwierig macht, nicht ich.«

»Ich weiß, ich weiß.« Natalie seufzt. »Ich weiß, dass es so aussieht. Aber sie ist doch neu an der Schule und es ist sehr schwer für sie. Sie benimmt sich nur so, weil sie eifersüchtig auf dich ist.«

»WAS?« (Okay, das wollte ich nicht so herausschreien.) Aber ich kann es einfach nicht glauben. »Worauf ist sie denn eifersüchtig, Nat? Auf meine kotzefarbene Jacke? Oder vielleicht darauf, dass ich so schrecklich zurückgeblieben bin? Ist es das?«

»Sie ist auf uns eifersüchtig. Jedes Mal, wenn sie etwas mit uns zusammen unternehmen möchte, kommst du mit einer Geschichte darüber, wie wir beide, du und ich, das schon mal zusammen gemacht haben und dabei unheimlich viel Spaß hatten, und … du bist eben manchmal ein bisschen taktlos. Aber ich hab ihr gesagt: So bist du eben; doch aus irgendeinem Grund fing sie an, dich komisch zu behandeln.«

Oh. Mein. Gott. Informationsflut. So vieles, auf das ich antworten möchte. Ich bin *nicht* taktlos. Ich kann nicht glauben, dass Amelia wirklich denkt, ich hätte ihr das Gleiche angetan, was sie mir angetan hat (ich bin ja erst so zu ihr gewesen, *nachdem* sie damit angefangen hat, so fies zu mir zu sein). Ich schnappe nach Luft. Während ich das alles verarbeite, bin ich für einen Moment völlig sprachlos.

»Also«, sage ich schließlich. »Im Endeffekt ist es doch so: Du hast dich für sie entschieden, stimmt's? Du hast dich für sie und nicht für mich entschieden. Sie hat bekommen, was sie wollte. Und das war's.« Ich fühle mich jetzt den Tränen doch überraschend nahe.

»Nein, das war's nicht!«, kreischt Natalie. »Hör doch mal auf, so eine verdammte Dramaqueen zu sein! Ich darf doch wohl mehr als eine Freundin haben. Ich hab mich überhaupt nicht für sie entschieden, Jess. Es passierte die ganze Zeit über einfach so, und dann wurde es immer schwerer, wieder zurückzukommen, ohne dabei das Gesicht zu verlieren.«

»Das Gesicht verlieren? Nat, du könntest mir gegenüber gar nicht das Gesicht verlieren. Du bist die Letzte, die sich vor mir schämen müsste.«

»Ich weiß!« Natalie lacht und schnieft, und ich frage mich, ob sie wohl ein bisschen weint. »Hör mal, ich weiß, ich hätte schon vor langer Zeit ehrlich zu dir sein sollen, aber ich war immer ein bisschen eifersüchtig auf dich und deinen Schachclub, und als Amelia den Vorschlag mit der Bande gemacht hat, kam mir das perfekt dafür vor, dass es dir auch mal ein bisschen so geht wie mir …«

»Boah, boah, boah«, unterbreche ich sie. »Noch mal zurück, du warst eifersüchtig auf den Schachclub? Du hasst doch den Schachclub!«

»Aber nur, weil du ihn so liebst!«

»Ich liebe den Schachclub doch nicht; er ist ganz okay und ich spiele gerne Schach …«

Natalie prustet vor Lachen. »Ach Jess, ich hab dich so vermisst. Willst du heute Abend nicht bei mir vorbeikommen? Wir könnten darüber sprechen und zusammen abhängen. Vielleicht könntest du auch bei mir übernachten?«

Natalie, meine heiß geliebte beste Freundin, klingt wirklich bestürzt und ehrlich. Aber ich fühle mich immer noch so verletzt von allem, dass ich leicht spöttisch sage: »Und du bist nicht schon mit Amelia verabredet?«

»Nein. Weißt du, Amelia ist großartig, aber wir sind nicht ständig zusammen. Ich vermisse dich, Jess. Du bist so lustig und Amelia ist meistens ziemlich ernst. Ich vermisse unsere gemeinsamen albernen Witze. Die Cartoons, die du von deiner Bande gezeichnet hast, sind so toll! Ich war ganz schön beeindruckt.« Ich werde langsam weich. Natalie schweigt. Ich höre noch ein Schniefen. »Hast du mich auch vermisst?«, fragt sie leise.

»Vielleicht«, höre ich mich selber sagen.

»Oh mein Gott, kannst du nicht jetzt sofort vorbeikommen?«, ruft sie. »Frag deine Mutter doch, ob sie dich herfährt.

Das müssen wir wiedergutmachen. Ich möchte dich in den Arm nehmen. Das kann ich am Telefon nicht.«

»Hm …«, zögere ich.

»Ich hab mir übrigens nie diese Dinosauriersendung angesehen«, fährt Natalie fort. »Das könnten wir heute Abend machen, wenn du zu mir kommst. Und Dinosaurierkekse backen! Ich schaue gleich mal nach, ob meine Mutter noch genug Mehl hat … Oh mein Gott, neulich hab ich das Gedicht gefunden, dass du über MBlaze geschrieben hast.«

(Oh ja, das hatte ich ganz vergessen – Natalie und ich haben immer Gedichte an MBlaze geschrieben, aber statt über uns oder darüber zu schreiben, wie sehr wir sie lieben, geben wir MBlaze in den Gedichten immer Tipps, wie sie etwas normaler werden können.)

»Das war so lustig! Ach bitte, komm doch rüber!«

»Hm …« Ich muss mir das gut überlegen. Soll ich sie wirklich besuchen? Möchte ich wieder mit Natalie befreundet sein? Vor vierundzwanzig Stunden war das noch mein Traum. Und jetzt ist es wirklich passiert. Natalie will mich zurück. Und ich liebe Natalie … das tue ich wirklich. Ich will sie besuchen! Aufregung breitet sich in mir aus, als mir das klar wird. Alles wird wieder gut. Alles wird …

»Und weißt du, was?«, fängt Natalie aufgeregt an zu schnattern. »Die erste Sache, über die wir uns unbedingt unterhalten müssen, ist, wie du das Basketballteam getroffen und warum sie alle ›Give me five‹ bei dir gemacht haben. Hab ich da irgendwas verpasst?«

Oh. Ohhhhh. Oh, ja, natürlich. Ich fühle mich, als wäre ich gerade wieder zurück auf die Erde geknallt. Natalie will mich gar nicht zurück. Sie will nur alles über das Basketballteam erfahren. Ich bin ein Mittel zum Zweck. Ich vermute mal, da sah ich »cool« genug aus, um wieder ihre Freundin zu sein, was? Jetzt, wo ihr das alles so wichtig ist, nicht »das Gesicht zu verlieren«, und der Kram mit den Jungs und so. *Ohhh.*

Genau genommen bin ich gar nicht cool. (Ich bin *genial*, aber nicht cool.) Ich will nicht nur benutzt und dann wieder beiseitegeschoben werden.

»Ja, also weißt du«, sage ich. »Es ist zwar toll, dass du wieder mit mir herumhängen möchtest und so, Nat, aber wir sind jetzt in verfeindeten Banden. Vielleicht hättest du vorher ein bisschen mehr darüber nachdenken sollen – bevor du damit angefangen hast, mich links liegen zu lassen.« Damit lege ich auf.

12. kapitel

Schönes, mildes Wetter ist noch immer das beste Mittel, um einem die Tage zu versüßen. Aber das hier ist alles andere als schönes, mildes Wetter, das einem die Tage versüßt.

Es regnet jetzt seit gut drei Tagen. Mal ehrlich. Was soll das denn mit dem Frühling, wenn es immer nur regnet? Komm schon, Universum, findest du nicht, es wäre an der Zeit, mal mit dem Regnen aufzuhören? (Ich bitte dich nicht für mich, aber du solltest mal Ryan sehen, wenn er seine überschüssige Energie nicht abrennen kann. Vielleicht sollten wir ihm ein Hamsterrad organisieren?)

Doch trotz des trostlosen Wetters und gelegentlicher häuslicher Wutanfälle fühle ich mich seltsam optimistisch, irgendwie weniger schwer. Die Zukunft erscheint mir, als hielte sie gute Dinge für mich bereit, auch wenn natürlich hin und wieder auch mal etwas Schlimmes passieren wird. Ich glaube, ich habe mich insgesamt etwas entspannt.

Jetzt, wo mir diese eine gute Sache passiert ist (damit meine ich: Ich habe einen Cartoon gezeichnet, der berühmt geworden ist), bin ich mir ganz sicher, dass es möglich ist, dass mir auch noch mehr gute Sachen passieren. Ich muss mir nicht mehr so viele Sorgen um Kleinigkeiten machen. Wie zum Beispiel, wer wen zurückruft und so was eben.

Natalie hat mich nicht mehr zurückgerufen, seit ich bei unserem letzten Telefonat einfach aufgelegt habe. Nicht, dass mir das etwas ausmachen würde. Tatsächlich denke ich gar nicht mehr allzu oft an Natalie. Vordergründig. Ich meine, natürlich denke ich immer noch ein winziges bisschen an sie. Aber dafür kann ich nichts. Ich meine, man kann ja seine Erinnerungen nicht einfach auslöschen oder an überhaupt nichts denken, das ist unmöglich, oder?

Ohhh. Na gut, ja, irgendwie habe ich doch sehr viel an sie gedacht. (Wenn man so will, könnte man es vielleicht sogar mit »nonstop« beschreiben.) Denn ein Teil von mir ist der Meinung, dass ich vielleicht überreagiert haben könnte, während ein anderer denkt, dass ich tun musste, was ich getan habe, und zwar, weil es hier ums Prinzip geht.

Sonst könnte Natalie denken, dass sie mich einfach so benutzen oder fallen lassen kann, wie sie Lust hat. Und das stimmt eben einfach nicht.

Also, abgesehen davon, dass ich total verunsichert bin, ob ich überreagiert habe oder mein Verhalten berechtigt war, ist eigentlich alles in bester Ordnung. Was Natalie und Amelia angeht, sind sie mal wieder dazu übergegangen, mich in der Klasse einfach zu ignorieren. Aber davon mal abgesehen, ist wirklich alles in bester Ordnung.

Ach ja, am Montag gab es in der Schule ein Rundschreiben an alle, dass man kein Papier mehr verschwenden solle. Sonst müsse man das »Privileg« eines Fotokopierers für die Schüler wieder abschaffen (was, wie ich denke, indirekt an meinem Die-Schule-ist-die-Hölle-Cartoon liegt). Das ist doch nicht zu fassen!

Ich bin gleichermaßen begeistert wie beängstigt von den

Konsequenzen meines Irgendwie-schon-aber-irgendwie-auch-nicht-wirklich-guten-Rufs. Egal. Fakt ist, von all dem mal abgesehen, ist wirklich alles in bester Ordnung.

Und überhaupt. Es herrscht ja nicht überall gedrückte Stimmung. Mit Joshua habe ich im Grunde so etwas Ähnliches wie einen neuen Freund gefunden. Er hat sich von dem Jungen-der-in-Kunst-neben-mir-sitzt-und-den-ich-witzig-und-der-mich-wahrscheinlich-total-seltsam-fand zum Jungen-der-in-Kunst-neben-mir-sitzt-und-mein-Freund-ist-und-vielleicht-oder-vielleicht-auch-nicht-denkt-dass-ich-total-seltsam-bin-aber-das-macht-gar-keinen-Unterschied gewandelt.

Was einen ziemlich großen Fortschritt bedeutet. Ich meine, ich will ja meine alten Freunde nicht verlieren. Wenn es aber doch passiert, dann ist es wenigstens schön zu wissen, dass ich in der Lage bin, auch wieder neue zu finden.

Am Samstag haben wir unsere Telefonnummern ausgetauscht. Montagnacht schickte er mir eine SMS, in der er sich über die allgemeine Kopierverwarnung wegen meines Cartoons lustig machte und darüber, dass ich ein »kriminelles Subjekt« sei, das er »eiskalt beim Verfassungsschutz verpfeifen« würde. Er bringt mich wirklich immer wieder zum Lachen.

Und heute ist Dienstag und wir haben wieder Kunst! Ich liebe Kunst. Von all meinen Fächern mochte ich Kunst schon immer am allerliebsten. Aber jetzt, wo ich alle, mit denen ich zusammensitze, viel besser kenne, macht es mir noch mehr Spaß. Ich bin richtig aufgeregt, wenn ich an die Stunde am Dienstag denke. (Und ich meine, wir sprechen hier ja immer noch von der *Schule*. Merkwürdig.)

Wir müssen heute eine große Vase zeichnen, die man uns auf den Tisch gestellt hat. Auf den anderen Tischen stehen auch Krüge und solche Sachen. (Wir sollen uns darauf konzentrieren, dass unsere Zeichnung am Ende rund und dreidimensional aussieht.)

Mrs Cooper geht kurz in den anliegenden kleinen Personalraum, um sich »einen Tee zu kochen«. Und wir sind uns selbst überlassen!

Es ist genial! Während wir zeichnen, fangen wir an herumzualbern. Terry und Fatimah erzählen lustige Geschichten von ihren Wochenenden, und Joshua und Emily unterbrechen sie die ganze Zeit und steuern witzige Ergänzungen bei. Es ist wirklich sehr lustig!

Dann reden sie darüber, wie man es schaffen kann, in Filme ab sechzehn zu kommen, und Terry behauptet, dass er das schon irgendwie machen würde.

»Iiiieeh, du hast gesagt, du würdest ›es machen‹«, witzele ich und alle lachen (bis auf Terry).

»Was? Wie? Natürlich würde ich es machen«, fährt Terry fort.

»Wie jetzt? Du würdest ES wirklich machen?«, frage ich.

»Klar, ich würde ES auf jeden Fall machen«, sagt Terry. Noch mehr Gelächter.

»Iiieeeh, Terry will ES machen«, provoziere ich ihn. Emily, Megan und Fatimah kichern.

»Oh, kommt schon, jetzt werdet endlich mal erwachsen«, sagt Joshua und tut so, als wolle er mich zum Schweigen bringen, sieht dabei aber doch ziemlich amüsiert aus.

»Was? Ach sooo! Jetzt verstehe ich!«, sagt Terry. »ES machen. Ja, ja.«

Dann dreht er sich um und ruft: »Ey, Dan! Weißt du, wie man ES macht?« Dan antwortet: »Ja, danke.« Und Terry fährt fort: »Äääh, Dan weiß, wie man ES macht!«

Ich finde, der Witz verliert dadurch etwas an Witzigkeit, aber er bringt immerhin doch noch eine ganze Menge Leute zum Lachen. Und zwar so sehr, dass Mrs Cooper in die Klasse zurückkommt und sofort wissen will, was denn eigentlich der ganze Lärm zu bedeuten hat.

Gerade in dem Moment, in dem sie hereinkommt, führt Terry im Sitzen ein verrücktes Siegestänzchen auf seinem Stuhl auf, das Mrs Cooper aber sofort stoppt.

»Terry! Steh sofort auf! Was um alles in der Welt ist hier los?« Es wird mucksmäuschenstill und Terry erhebt sich zerknirscht und voller Reue. Ich kann einfach nicht widerstehen und schiebe mit dem Fuß seinen Stuhl ein ganzes Stück nach hinten. Ich denke, er müsste es gesehen haben, aber leider stimmt das nicht. Als Mrs Cooper ihm sagt, dass er sich wieder hinsetzen soll, plumpst er, unfreiwillig komisch, ins Leere und landet direkt auf dem Boden. Die Klasse explodiert vor Lachen.

Nachdem es Mrs Cooper endlich gelingt, wieder Ruhe und Ordnung herzustellen, schimpft sie sehr ernst mit mir, weil ich den Stuhl verschoben habe. Ich fühle mich tatsächlich auch ein bisschen schlecht. Aber ich finde andererseits immer noch, dass das Lachen es wert war. Es war wirklich zu lustig. Und Terry ist und bleibt ein Witzedieb.

Ach, ich liebe die Kunst-Stunden. Ich wünschte, sie würden nie enden. Aber das tun sie leider. Und ich muss dann in die anderen Stunden und mir die Gemeinheiten von CAC abholen, wenn ich zufällig Augenkontakt mit einem von ihnen aufnehme. Ich meine, es wäre eigentlich für alle viel, viel besser, wenn mein ganzer Stundenplan nur aus Kunstunterricht bestünde. Stellt euch bloß mal vor, wie viele Cartoons über die Schule-die-die-Hölle-ist ich da schaffen könnte?

»Wir sind ein gutes Team, du und ich, findest du nicht, Toons?«, sagt Tanya, als sie mich beim Essen abfängt. »Oh, meine Güte! Was hältst du von dem Kopier-Rundschreiben? Ein absoluter Witz! Da sollten wir noch eins draufsetzen. Bist du gut im Sprayen?«

»Hm …«, zögere ich, ein bisschen ängstlich. »Ich weiß nicht, das hab ich noch nie ausprobiert.« Was wahr ist.

»Dann sollten wir das schleunigst mal ändern. Du brauchst ja sowieso noch ein Zeichen für deine Bande, oder?«

Ha! Ja klar, als ob meine Bande, die ihre Kämpfe mit Button-Maschinen ausficht, ein ordentliches Graffitisymbol bräuchte, das der Polizei verrät, dass wir das gewesen sind. Ach, du meine Güte! Ich kann es mir absolut nicht leisten, beim Graffiti-Sprühen erwischt zu werden. Zum einen würde meine Mutter mich umbringen. Und außerdem würde meine Mutter mich umbringen.

»Ich weiß nicht, Tanya«, sage ich und tue so, als würde ich darüber nachdenken. »Ich hab das Gefühl, dass ich im Moment besser auf Papier arbeiten kann; darauf möchte ich mich jetzt gerne konzentrieren.«

»Na gut, wie du möchtest«, antwortet sie umgänglich.

Gut. Immerhin hatte ich ein paar echt berauschende Tage, an denen ich mich wie eine Rebellin gefühlt habe, weil mir jemand anders gesagt hat, ich solle einen Cartoon zeichnen, und das habe ich sehr genossen. Aber jetzt werde ich gerade daran erinnert, dass ich mich von Autoritäten eigentlich ziemlich einschüchtern lasse.

Als ich nach dem Mittagessen in die 6C zurückkomme, finde ich wieder eine edle Karte auf meinem Tisch. Dieses Mal steckt sie in einem Umschlag, auf dem in geschwungener Handschrift »Für Jessica« steht, geschrieben mit einem dieser coolen Silberstifte, die sie bei Smiths verkaufen und von denen ich unbedingt einen haben möchte.

Ich blicke kurz auf zu Natalie und Amelia. Sie sitzen ein paar Meter weiter weg mit dem Rest von CAC zusammen und sehen genau zu, wie ich mir den Umschlag nehme, tun aber ganz unbeteiligt, so, als würden sie mich ignorieren. Ich frage mich, was da drinsteht. Ohhh. Ich hoffe, nicht irgendetwas Schreckliches.

Ich öffne den Umschlag und finde zu meiner Überraschung eine Einladungskarte. Eine Einladung zu einem CAC-Ausflug: Bowling am Sonntag! Ich bin eingeladen? Ich bin eingeladen!

Weiter unten schreibt Natalie, dass sie hofft, dass wir endlich alle Freunde sein können. Sie wollen *mich* wieder mit dabeihaben! (Also ist sie mir nicht mehr böse, dass ich den Hörer aufgelegt habe.) Oh mein Gott! Wie toll!

»Hey, Leute, ich glaube, da hab ich Zeit«, rufe ich aufgeregt und winke ihnen mit dem Brief. Ich kann nicht anders, mein ganzes Gesicht ist ein einziges glückliches Grinsen. Jetzt können wir doch noch alle Freunde werden.

Sie werfen mir einen arroganten Blick zu und brechen in schallendes Gelächter aus. Ich erstarre. Irgendetwas stimmt da nicht.

»Bist du sicher, Jessica?«, fragt Natalie kalt. »Hast du auch alles *genau* gelesen?«

»Hm«, sage ich und versuche, den Brief noch einmal zu lesen, aber ich bin viel zu nervös, um auch nur eins der Wörter wirklich aufnehmen zu können. Mir wird ganz heiß.

»Hast du an dem Tag wirklich Zeit?«, fügt Amelia hinzu.

Ich sehe aufs Datum. Es ist der vergangene Sonntag.

Die Einladung gilt für ein längst vergangenes Ereignis. Ich war *nie* wirklich eingeladen. Wie peinlich und demütigend.

Nun, eins muss man ihnen lassen: Sie haben es für einen Moment wirklich geschafft, mir die allergrößten Hoffnungen zu machen – um sie dann brutal ganz und gar wieder am Boden zu zerschmettern.

13. kapitel

Nein, ich werde euch nicht anlügen. Ich bin ziemlich sauer. Ich bin sogar stinksauer. Genau genommen bin ich außer mir vor Wut. Jedes Mal, wenn ich nur darüber nachdenke, könnte ich platzen. Ich kann nicht glauben, dass sie das wirklich getan haben.

Was für eine Riesengemeinheit! Ich brodle mich durch meinen Nachmittagsunterricht in Naturwissenschaften und Geschichte, ich schäume innerlich vor Wut. Wie können sie das wagen! Ich bin doch nicht irgendeine Idiotin, die sich verzweifelt danach sehnt, ausgerechnet mit *ihnen* rumhängen zu dürfen. Wie können sie es wagen, mich so bloßzustellen? Dabei ist das Gegenteil der Fall! Ich komme tausendmal besser ohne sie zurecht.

Okay, ich weiß, dass ich das Gespräch mit Natalie abgebrochen habe, indem ich einfach aufgelegt habe. Ich gebe zu, so was ist gemein. Aber das ist noch lange kein Grund, mich so mies reinzulegen. Ohhh. Ich fasse es nicht, dass sie mich so blamiert haben.

Am besten wäre wahrscheinlich, einfach über der ganzen Sache zu stehen und nicht einmal zu reagieren. Das würde sie wahrscheinlich viel mehr ärgern, als wenn ich versuche zurückzuschlagen. Ich glaube, sie wollen nur, dass ich mich schwarzärgere.

Ja, so mach ich's. Einfach drüberstehen. Lass sie doch mit

ihren albernen Spielchen! Ich weiß, dass ich kein schlechter Mensch bin. Ich bin mir ganz sicher, dass ich jetzt sowieso nicht mehr mit auf ihre bescheuerten Ausflüge gehen will. Ich meine, klar, es gab eine Zeit, in der ich das gerne gewollt hätte, aber das ist vorbei. Eigentlich wollte ich es schon nicht mehr, als sie mich das erste Mal mit diesem blöden Brief reingelegt haben.

Ich muss mich um ihren ganzen Quatsch ja nicht kümmern. Ich werde einfach klüger sein und es ignorieren. Als meine letzte Stunde von heute zu Ende geht, fühle ich mich etwas besser. Ich habe wieder Abstand. Es kümmert mich nicht mehr.

Um das Klassenzimmer zu verlassen, muss ich an CAC vorbeigehen. »Hey, du solltest deine Post in Zukunft lieber rechtzeitig aufmachen«, kommentiert Cassy, als ich mit ihr auf einer Höhe bin. Amelia kichert. »Ja, und dabei hätten wir dich wirklich so gern dabeigehabt!«, sagt Amelia.

Ich fühle, wie mir wieder heiß wird. Aber ich bin fest entschlossen, cool zu bleiben. »Ich glaube, ihr seid alle ziemlich durch den Wind«, sage ich ruhig. Sie halten mich für kindisch, stimmt's? »Also gut, dann hört mal zu« – ich werde original wie eine Erwachsene klingen. »Wisst ihr, ich bin noch nicht mal sauer auf euch, ich bin einfach nur enttäuscht«, füge ich hinzu.

Ich werfe Natalie einen flüchtigen Blick zu, aber sie schaut mich nicht an. »Natalie, wie kannst du nur zulassen, dass sie so etwas tun?«

»Natalie, wie kannst du nur zulassen, dass sie so etwas tun?«, macht Amelia mich nach, aber so, dass ich wie ein weinerliches Baby klinge.

Ich fühle, wie mir noch heißer wird, aber ich ignoriere Amelia und wende mich wieder an Natalie. »Du hattest doch gesagt, du wolltest meine Freundin sein …«

»Ohhh, meine Freundin sein …« Amelia und Cassy äffen mich weiter nach. Natalie sieht mich immer noch nicht an.

»Nat –«

»Was soll's, Jessica. Du hast es doch selbst gesagt, oder? Wir sind jetzt eben in unterschiedlichen verfeindeten Banden«, unterbricht Natalie mich und wirft mir einen verächtlichen Blick zu. (Ich riskiere hier mal die Behauptung, dass sie immer noch ganz schön sauer auf mich ist, weil ich einfach aufgelegt habe.) Und eigentlich ist es noch viel, viel schlimmer. Die Sache ist nämlich die: Je länger ich darüber nachdenke, umso mehr befürchte ich, dass ich an dem Tag vielleicht tatsächlich überreagiert haben könnte – aus heutiger Sicht. Das Telefonat an sich war sicher aufrichtig gemeint gewesen, und jetzt frage ich mich, ob Natalie nicht wirklich versucht hatte, mir die Hand zu reichen, und jetzt verständlicherweise stocksauer auf mich ist, weil ich sie so zurückgewiesen habe.

Aber das alles kann ich ihr ja in diesem Moment nicht erklären oder alles ungeschehen machen, oder?

Und außerdem – das ist alles noch lange kein Grund für das hier.

»Also gut, bestens«, sage ich und fühle, wie mir noch heißer wird. Ich hoffe nur, dass ich nicht knallrot geworden bin. Ganz ruhig, denk nach! Ich bin ganz ruhig. »Also gut, wenn du es so haben willst. Dann viel Spaß noch für den Rest deines Lebens.« Ich drehe mich um und lasse sie alle einfach stehen.

Hm. Okay. Gut. Also, ich denke, ich war schon sehr nah dran, über all dem zu stehen. Nur über die letzte Das-lässt-michjetzt-alles-kalt-Hürde bin ich leider etwas gestolpert. Vielleicht könnten wir uns hier gemeinsam darauf einigen, dass der Ich-stehe-total-über-allem-Plan nicht zu hundert Prozent funktioniert hat. Ich denke, das sollte ich hier mal ansprechen. Aber was soll ich jetzt machen?

♥ ♥

Also, was hat zwei Daumen und keinerlei Angriffs- oder Vergeltungsplan? Die hier. Ihr könnt mich nicht sehen, aber ich zeige mit beiden Daumen auf mich selbst – aber unauffällig: Ich sitze nämlich im Bus nach Hause. Ich will mich nicht selbst noch lächerlicher machen. Schließlich habe ich eine ganze Bande von Leuten, die das für mich erledigt. Ha. Arrrggghh.

Als ich zu Hause ankomme, fühle ich mich ganz elend. Aber irgendwas ist anders. Sonst riecht es doch immer nach Mittagessen.

Auf der untersten Stufe der Treppe bemerke ich einen Rucksack. Das ist der Rucksack meiner Schwester! Meine Schwester – meine Schwester ist zu Hause! Ach, ich liebe meine Schwester!

»Tammy?«, rufe ich laut. »Tammy!«

»Hiiier«, höre ich Mums Stimme. Aufgeregt laufe ich in die Küche, aber da sitzen meine Mutter, mein Vater und meine Schwester mit verärgerten Gesichtern; anscheinend stecken sie gerade mitten in einer Diskussion. Keiner scheint sich besonders zu freuen, mich zu sehen.

»Also, lasst uns nicht … Hört zu, wir können später weiter darüber reden«, sagt meine Mutter zu Tammy. »Dein Vater und ich müssen uns jetzt mit dem Essen beeilen.«

»Oh, ja klar! Wie praktisch«, sagt Tammy und ihre Stimme trieft vor Spott und Verachtung. (Warum ignoriert Tammy mich? Sag doch mal Hallo!)

»Tammy!«, sage ich. »Also, du musst jetzt nicht noch begeisterter aussehen, weil du dich so freust, mich zu sehen.«

»Es bist nicht du, über die ich mich nicht freue«, sagt Tammy. Ich gehe zu ihr hinüber und umarme sie. Tammy ruft meiner Mutter über meine Schulter noch zu: »Was auch immer du tust, lass dir von einem Weltverbesserer bloß nicht deine Gemütlichkeit verderben, abgemacht?«

Meine Mutter dreht sich um und beginnt ärgerlich mit meinem Dad zu tuscheln. Ich schnappe Wörter wie »das Allerletzte« und »Hölle auf Erden« auf, sonst aber nicht viel mehr.

»Sag es mir doch wenigstens ins Gesicht«, sagt Tammy. »Oder warum stimmen wir nicht einfach mit der ganzen Familie darüber ab?«

»Wage das bloß nicht«, zischt meine Mutter. (Ich habe keinen blassen Schimmer, was hier eigentlich los ist, aber Tammy scheint meine Eltern gründlich verärgert zu haben.)

»Also, hör mal, Tammy«, fängt mein Dad an.

»Jessica …«, sagt Tammy.

»Nein«, unterbricht mein Vater sie.

»Jessica, wie würde es dir gefallen, einen süßen Hund als Haustier zu haben?«, fragt Tammy.

»Wirklich? Einen Hund? Das fände ich toll!«, sage ich.

»Nein«, sagt mein Vater.

»Ich arbeite für eine Hunderettungsstation und wir müssen

dringend ein Zuhause für die Hunde finden. Aber Mum und Dad wollen einfach keinen nehmen. Sie sagen, es wäre eine zu große Verpflichtung für die Familie. Aber dir würde es bestimmt gefallen, oder? Ich finde, wir sollten abstimmen. Wo ist Ryan?«

»Nein«, sagt mein Vater noch einmal.

»Oh, bitte, bitte! Können wir bitte einen Hund haben?«, frage ich aufgeregt. »Man muss sich doch um sie kümmern. Bitte!«

Tammy verschränkt die Arme vor der Brust und sieht meine Mutter mit einem selbstzufriedenen Ausdruck im Gesicht an.

Meine Mutter sieht aus, als wolle sie Tammy gleich umbringen.

»Das ist ja nun wirklich das Allerletzte«, sagt sie.

Als mein Vater den Ausdruck im Gesicht meiner Mutter sieht, versucht er, das Ruder herumzureißen.

»Hört mal, wie wär's mit einer schönen Tasse Tee für alle?«, sagt er.

Na ja, schließlich hören alle auf zu schreien und meine Eltern machen uns Nudeln. Wir sind immer noch auf Sparkurs. (»Was nur einer der vielen Gründe dafür ist, warum es völlig verrückt wäre, sich einen Hund anzuschaffen.« Nach dem Essen haben sie mich zwar in mein Zimmer geschickt, aber ich konnte trotzdem fast alles mit anhören.)

Einen Hund zu haben, wäre toll. Ich könnte ihm beibringen, auf Amelia loszugehen. Einen Moment lang male ich mir das in meiner Fantasie aus, als es plötzlich an meiner Tür klopft und Tammy hereinkommt.

»Hey, Jess, tut mir leid wegen der

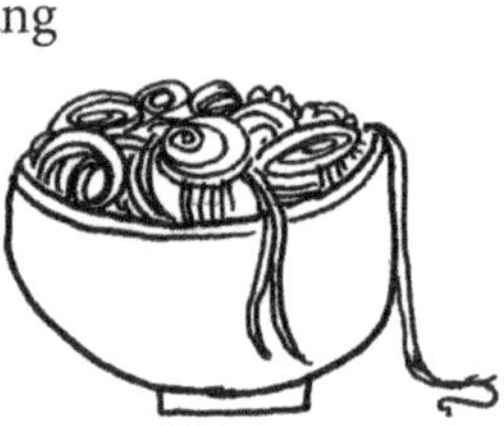

ganzen Aufregung«, sagt sie und lässt sich auf mein Bett plumpsen. (Obwohl, wenn ich ehrlich bin, hatte Tammy schon so ausgesehen, als würde sie es genießen, im Zentrum eines Streitereiwettbewerbs zu stehen.) »Es ist wirklich ein Jammer, dass unsere Eltern so kurzsichtig sind«, ergänzt sie seufzend.

»Jaaa?«, sage ich unsicher. »Hmmm, sind sie das?«

»Mein Gott, ja.« Tammy atmet wieder aus.

»Sie sind geradezu myopisch.«

»Was heißt denn *myopisch*?«

»Es bedeutet *kurzsichtig.*«

»Ach so, ja, genau.« Ich nicke und versuche, nachdenklich auszusehen.

»Wie geht es dir denn so? Zeichnest du noch Cartoons? Ryan scheint ja seinen Anstecker ziemlich zu lieben, stimmt's?«

Oh, und ich *liebe* meine Schwester. Ich liebe es, wenn sie nach Hause kommt. (Abgesehen von dem ganzen Geschrei natürlich.) Auf einmal rede ich einfach drauflos, erzähle ihr von den Cartoons und sie scheint sich wirklich dafür zu interessieren. Ich zeige ihr eine Kopie von dem Höllenschule-Cartoon und sie findet ihn toll.

»Ich bin wirklich sehr beeindruckt von dir, Jessica«, sagt sie. »Du machst dich über die Herrschenden lustig! Gut gemacht! Weiter so.«

Hmmm. Ich bin mir nicht ganz sicher, ob das genau den Kern meiner Absichten trifft. »Eigentlich war das ja Tanya Harris' Idee«, erzähle ich ihr.

»Tanya Harris klingt super. An die solltest du dich halten«, sagt Tammy.

»Ja, irgendwie schon«, sage ich unsicher. Ich bin kurz davor, laut loszulachen.

»Aber, was ist denn eigentlich aus Natalie geworden? Ich dachte, sie wäre deine beste Freundin?«

»Oh, na ja. Das ist eine lange Geschichte.«

»Ich bin ganz Ohr«, sagt Tammy.

Also erzähle ich Tammy von dem ganzen traurigen Schlamassel, vom Sich-Verkrachen und den Banden und von Joshua und dem Basketballteam. Ich erzähle ihr sogar von dem miesen Trick mit dem Brief. Ich bin mir erst nicht sicher, ob ich das erwähnen soll. Es ist mir immer noch ein bisschen peinlich. Tammy hört sich alles geduldig an, nur manchmal wirft sie ein, »Oh, ja« oder »Gut gemacht«, bis ich fertig bin.

»Und die Sache ist die, Tammy, ich weiß einfach nicht, was ich jetzt machen soll.«

»Also«, sagt Tammy und macht eine bedeutungsvolle Pause. »Den Schlüssel dazu, was du machen sollst, hast du ja genau hier vor deiner Nase.«

»Was meinst du damit?«, frage ich.

»Du musst auf deine Stärken setzen. Du bist Cartoonistin. Unterschätze bloß nicht die Wirkung eines satirischen Cartoons. Das ist eins der besten Mittel des Volkes, um die Regierung zu untergraben. Die Massen können das System stürzen. Du trägst viel Macht in deinen Fingerspitzen.«

Okay, klar, ich habe schon gehört, dass Leute solche Sachen sagen, besonders in Bezug auf all die Proteste und finanziellen Probleme, die es so gibt. Ich habe es noch nicht ganz genau verstanden, aber offenbar kontrolliert – oder besitzt – ein Prozent der Bevölkerung den gesamten Reichtum der übrigen

99 Prozent. Wir (»die Massen«) sind die 99 Prozent, und wir sollten uns eigentlich auf jeden Fall mit unserer Sache durchsetzen, weil wir in der Überzahl sind. Aber das eine Prozent (»die Oberschicht«) ist an der Macht, also wird alles so gemacht, wie es dessen Vertretern passt.

Tammy scheint fest davon überzeugt zu sein, dass das Volk die Regierung mit einem satirischen Cartoon untergraben kann. Nur dass einem nie jemand erklären kann, wie das genau gehen soll.

Soweit ich das sehe, ist ein satirischer Cartoon nur eine Zeichnung, die sich über die schlimmen Sachen lustig macht, die korrupte wichtige Leute tun. Aber die korrupten wichtigen Leute sind normalerweise so reich, dass ihnen das wahrscheinlich sowieso total egal ist.

»Meinst du wirklich?«, frage ich, nicht wirklich überzeugt.

»Absolut! Amelia ist wie ein Diktator. Wenn du sie lächerlich machst und über sie lachst, werden alle, die ihr folgen, kein Vertrauen mehr in sie haben und sie wird ihre Macht verlieren.«

»Das klingt genial«, sage ich verhalten.

»Weil es genial ist«, versichert Tammy mir. »Ich überlasse dich jetzt mal dieser Sache. Lass es krachen!«, sagt sie und verlässt mein Zimmer.

Ich höre, wie sie den Gang hinunter zu Ryans Zimmer geht. »Hallo! Mein BESTER Freund! Sag mal, wie würde es dir gefallen, einen Hund zu haben?«

14. kapitel

Hmmm. Okay. Ein satirischer Cartoon. Ein satirischer Cartoon über Amelia. Wie könnte das funktionieren? Ist das überhaupt eine gute Idee?

Ich liebe meine Schwester sehr, aber ein bisschen scheint sie die Nähe zu Dramen und Konflikten auch zu suchen und zu genießen. Ich meine, wenn ich einen Cartoon zu Amelia zeichnen würde, wäre das doch im Grunde fast genauso schlimm, wie dass sie jeden dazu ermutigt, mich zu mobben und zu drangsalieren, oder? Ich frage mich: Zählt das nicht auch als Provokation? Und was, wenn das alles nur noch schlimmer macht?

Außerdem habe ich wirklich überhaupt keine Idee, wie ich das mit dem Cartoon machen könnte.

Ich erinnere mich daran, dass ich in Geschichte mal einen politischen Cartoon gesehen habe. Es ging darum, dass Hitler wohl im Vorfeld des Zweiten Weltkriegs viele Dinge getan hat, die er eigentlich nicht hätte machen dürfen. Er hat sich nicht an Staatsabkommen und Verträge und so was alles gehalten. Die Zeichnung, die ich gesehen habe, zeigte eine kaputte Mauer, die von einem riesigen Blatt Papier zusammengehalten wurde, auf dem stand, *»Ich werde ganz brav sein! Unterzeichnet: Adolf Hitler«*, und in der Unterzeile stand »Unsere neue Verteidigungslinie«.

Der Cartoon gefiel mir sehr gut. Tatsächlich ging es wohl darum, dass der Premierminister Chamberlain (der ein bisschen ein Softie gewesen sein soll) die Hoffnung hatte, dass, wenn er Hitler dazu bringen konnte, einen Friedensvertrag zu unterzeichnen, der Krieg verhindert werden könnte.

Aber Hitler kümmerte sich nicht um die Verträge, die er unterzeichnete. Er stand nie zu ihnen, sondern machte immer einfach so weiter wie zuvor. Ein bisschen wie Ryan, wenn er sagt, dass es ihm leidtut, dass er seine Spielsachen überall verteilt, aber das scheinbar gar nicht so meint, denn er macht es ja auch immer und immer wieder so. Na ja, also, das ist vielleicht ein *kleines bisschen* vergleichbar. Ich will natürlich nicht sagen, dass mein kleiner Bruder genauso wie Hitler ist.

Wie auch immer. Ein Cartoon über Hitler ist natürlich immer etwas sehr Ernstes.

Vielleicht meint Tammy mehr so etwas wie die Zeichnungen von Gary Larson? Ich muss mal mein Gary-Larson-Buch durchblättern. (Ich *liebe* das Gary-Larson-Buch.)

Meine Augen bleiben an einem Cartoon von ein paar Kühen auf einer Grillparty hängen. In einer Sprechblase sagt eine der Kühe zu der Gastgeberin-Kuh, die gerade Rinder-Burger grillt: »Du bist wirklich krank, Jessy! Krank, krank, krank!«

Vielleicht könnte ich ja Amelia als Kuh beim Grillen zeichnen, die wie Hitler angezogen ist? Hmmm. Ich fühle mich ein bisschen überfordert. Vielleicht kriege ich das gar nicht hin. Ich muss noch mal nachdenken. Wie ist Amelia denn so?

Sie ist eingebildet, oberflächlich, geistlos, überheblich und beleidigend. Cliquen-orientiert, von Mode besessen und total unverschämt zu Leuten, von denen sie denkt, dass sie ihr unterlegen sind. Mal ehrlich, warum spielt es denn überhaupt eine Rolle, ob meine Jacke eine *No-Name-Jacke* ist? Wer will denn überhaupt entscheiden, was gut oder was schlecht ist? Ich finde nicht, dass mehr Geld dich automatisch zu einem besseren Menschen macht.

Also setzt Amelia von A bis Z die falschen Prioritäten. Aber wie genau könnte ich mich darüber lustig machen?

Ich meine, ich könnte natürlich versuchen, das für den komischen Effekt ein bisschen zu übersteigern. Ich glaube, sie denkt, dass es viel wichtiger ist, die »richtigen« Klamotten zu besitzen, als sich für andere Leute zu interessieren. Davon würde sie vermutlich höchstens Mutter Teresa und Gandhi ausnehmen, weil deren Klamotten grundsätzlich einfach nicht mit denen von anderen vergleichbar waren. Vielleicht könnte ich das ja irgendwie zeichnen? Hm, nein. Okay, lass mich mal noch ein bisschen länger darüber nachdenken.

Ich brüte und brüte, es erscheint mir wie eine Ewigkeit. Eine Unmenge von Ideen schwirren mir durch den Kopf, die ich aber nach und nach wieder verwerfe, je länger ich darüber nachdenke. Vielleicht könnte ich ja einen Comicstrip machen, der sich über Amelias Bande und ihre ganze Oberflächlichkeit und den ganzen Quatsch lustig macht? Aber besser wäre natürlich nur ein einziges Bild.

Wie wäre zum Beispiel ein Cartoon von Amelia als Wiesel, das sich über einen Hermelin lustig macht, weil seine Jacke nicht cool genug ist? Nein, irgendwie scheint mir das alles noch nicht stark genug zu sein.

Denk nach, Jessica, denk nach, denk nach. Was bedeutet Amelia denn etwas? Auf jeden Fall Mode. Und worüber würde sie sich denn so richtig ärgern? Abgesehen vielleicht von der Notwendigkeit, in den gleichen Geschäften einkaufen gehen zu müssen wie ich?

Plötzlich habe ich einen Geistesblitz. Ich erinnere mich daran, wie gemein manche Modemagazine sein können. Zum Beispiel zeigen sie das Foto einer bekannten Schauspielerin auf dem roten Teppich oder so und machen dann einen Haken an ihr Outfit – oder aber ein Kreuz, so als hätte sie ihre Hausaufgaben nicht richtig gemacht. (Auch wenn eigentlich niemand das Magazin um seine Meinung gebeten hat und die Schauspielerin ihre Sachen vielleicht richtig gerne mag.)

Oder es gibt da immer diese »Schäm dich«-Rubrik, in der Zeitschriften Fotos berühmter Personen mit Schweißflecken unter den Armen oder Falten unter dem Kinn abbilden und sich darüber lustig machen, dass sie nicht perfekt genug gestylt sind. (Und das, obwohl jeder mal schwitzt und Falten hat und das alles ganz *normal* ist.)

Es sind aber genau solche Sachen, die Amelia richtig wahnsinnig machen. So was wäre vermutlich ihr schlimmster Albtraum. Aber ganz so einfach kann ich das auch nicht machen; das wäre ja, als ob ich dem zustimme, dass Mode so wichtig ist. Ich muss die Sache irgendwie auf den Kopf stellen und eine *Parodie* daraus machen …

Ja! Dann kann ich mich gleichzeitig über die gemeinen Seiten der Modewelt *und* von Amelia lustig machen. Genial. Meine Entscheidung steht. Ich werde Amelia als das »Höllfern Juniors Fashion-Victim-Schaf« zeichnen. Es ist zwar ein etwas langer, verworrener Titel, aber ich schätze, ich sollte auf den vorangegangenen Erfolg der Höllfern-Marke aufbauen. Außerdem macht es das für jeden interessant.

Ich entwerfe ein supereingebildetes Cartoon-Schaf, das auf seinen Hinterbeinen steht und eine affige Sonnenbrille trägt. Es hat ein Faschingshütchen mit dem Aufdruck »Reicher als DU« auf dem Kopf und einen kleinen CAC-Anstecker am T-Shirt. Dann zeichne ich einen Rahmen wie für einen »Schäm dich«-Zoom in das Bild und eine Linie, die auf das Schaf verweist. Doch anstelle eines Schweißflecks will ich etwas zeigen, für das Amelia sich *wirklich* schämen sollte, wie zum Beispiel, sich mit meiner besten Freundin gegen mich zu verbünden.

In den »Schäm dich«-Rahmen zeichne ich also eine Nahaufnahme eines ihrer Vorderhufe, in dem sie einen weißen Umschlag hält, auf dem als besonders beschämendes Hauptvergehen steht: »Wie peinlich! Legt andere mit gemeinen Spielchen rein!«

Anschließend kommen noch weitere Linien zu »Und was sie so anhat«-Bemerkungen dazu, dann fange ich an, ihr ein paar total lächerliche Klamotten zu zeichnen. Ich finde, die Schuhe gelingen mir am besten. Das Schaf bekommt ein paar »umgekehrte High Heels« an die Hinterhufe, die ich in dem dazugehörigen Textrahmen mit »Der letzte Schrei! Problemlos kleiner wirken! Klingt albern und ist ziemlich schwierig, darin zu laufen. Aber ein Top-Mode-Magazin sagt, dass sie gut sind, also *müssen* sie gut sein« kommentiere.

Ich mache aus dem T-Shirt, das das Amelia-Schaf trägt, ein MBlaze-Fan-T-Shirt mit klitzekleinen Cartoon-Männchen darauf, nur dass ihr Slogan lautet: »MBlaze – die Nummer eins für seichten Pop und hohles Gequatsche.«

Dann zeichne ich noch mehr Anstecker, die auf das T-Shirt gepinnt sind, mit Aufschriften wie »Nieder mit dem selbstständigen Denken« und »Jeder, der nicht ganz genau so sein will wie ich, muss einfach gemobbt werden«.

Eigentlich wollte ich noch ein Namensschild im McDonald's-Stil mit der Aufschrift »Hallo, mein Name ist Amelia, und ich bin hier, um Sie zu beleidigen« ergänzen, aber leider ist am Schluss nicht mehr genug Platz auf dem Bild.

So. Ich glaube, ich bin fertig. Ich lehne mich zurück und bewundere mein Werk. Ich bin wirklich sehr stolz darauf. Ich studiere meinen Cartoon noch einmal ganz genau und muss sogar selbst ein bisschen darüber kichern, wie witzig und mutig ich bin.

Um ehrlich zu sein, fühle ich mich schon jetzt sehr viel besser. Ich habe das Gefühl, dass eine große Last von mir genommen ist. Allein durch das Zeichnen scheine ich meinem Frust richtig Luft gemacht zu haben. Jetzt fühle ich mich leicht und froh. Und ich halte Amelia für eine richtige Idiotin. Haha – was ist sie nur für ein Schaf!

Andererseits, das hier kann ich unmöglich in der Schule verteilen. Revolution hin oder her. Dafür bin ich viel zu weit gegangen. Es ist wirklich ziemlich beleidigend. Ich muss schon wieder kichern. Ja, das kann ich auf keinen Fall veröffentlichen. Dann wäre ich genauso schlimm wie sie.

Und außerdem mag ich es, wenn die Zeichnung mein kleines Geheimnis bleibt. Wann immer Amelia mich traurig macht, kann ich mir das Bild angucken und mich selbst damit aufheitern. Ich bin ein *Genie.* Ich bewundere es noch ein bisschen und stecke es dann in meine Schultasche. Dieser Cartoon wird ab sofort mein »Amelia-Anti-Stress-Mittel«!

15. kapitel

Als ich am nächsten Tag mit dem Bus zur Schule fahre, fühle ich mich immer noch ziemlich entspannt. Ich bin sehr zufrieden mit mir. Meinen Anti-Stress-Cartoon habe ich in der Tasche, und meine Schwester hat gesagt, er sei definitiv als satirischer Cartoon geeignet. Wie gut ist das denn?

Tammy hat auch gesagt, dass er ihr sehr gut gefällt und dass ich ihn auf jeden Fall jedem in der Schule zeigen solle. Das war kurz bevor sie von meinen Eltern aus meinem Zimmer geworfen wurde, damit sie meinen und Ryans »jugendlichen Verstand« nicht mehr mit dem »Müll« über die Gefahren des Kapitalismus verderben könne. (Sie hatten ja keine Ahnung davon, dass sie in Wirklichkeit gerade versuchte, mich davon zu überzeugen, einen Rachefeldzug gegen eine Neue auf meiner Schule anzuzetteln – was in gewisser Weise noch viel schlimmer ist als diese Kapitalismussache, finde ich.)

Ich werde die Zeichnung aber trotzdem nicht an alle verteilen. Tammy liebt Konflikte so sehr, dass sie mir gar nicht in der Lage zu sein scheint zu erkennen (oder darauf Rücksicht zu nehmen), dass durch ein bestimmtes Verhalten eine Situation vielleicht nur noch schlimmer werden kann. Nein, dieser Cartoon ist nur für mich allein. Na ja, ich könnte ihn höchstens mal Joshua zeigen; er würde ihm vermutlich auch gefallen. Und vielleicht noch Tanya. Aber das war's.

Was mich aber überrascht, ist, dass meine Eltern die Überzeugungen meiner Schwester nicht mehr unterstützen. Ich meine, die Tatsache, dass wir noch immer auf Sparkurs leben, scheint doch irgendwie ein Hinweis darauf zu sein, dass der Kapitalismus sich auch für uns nicht wirklich ausgezahlt hat. Aber manche Leute lassen sich einfach nicht belehren. Oder davon überzeugen, sich einen Hund anzuschaffen.

Ich kann andererseits auch verstehen, warum meine Eltern so sauer auf Tammy sind. Wenn ich das richtig sehe, hat sie versucht, Ryans und meinen »jugendlichen Verstand« (und unsere Tierliebe) dafür auszunutzen, von meinen Eltern etwas zu erzwingen, das sie nicht tun möchten. Nur, der Punkt ist – sie hat einen guten Grund dafür ... (so wie ich für meinen Rache-Cartoon.) Plus – wir würden einen Hund bekommen. Und Hunde sind einfach fantastisch.

Als ich in die 6C komme, schauen Natalie und Amelia hoch und hören auf zu reden. Ich ignoriere sie, so gut ich kann, und versuche, nicht nervös zu werden und trotzdem zu meinem Tisch hinüberzugehen.

»Oh, na sieh mal an, wer da ist«, sagt Amelia zu mir. »Der geheimnisvolle Schmierfink.«

»Wie bitte?«, sage ich verdutzt.

»Ein bisschen feige, oder? Sich hinter einem Stück Papier zu verstecken. Ich dachte, du stehst gern auf eigenen Beinen«, fährt sie fort.

Oh Gott, woher weiß sie nur Bescheid? Sie kann meinen Cartoon doch noch gar nicht gesehen haben. Er liegt unangetastet in meiner Tasche und niemand in der Schule hat ihn bisher gesehen. Nervös streiche ich mit einer Hand über meine

Tasche. Sie kann es nicht wissen; oder hat sie es vielleicht erraten? Unmöglich! Wenn Amelia jetzt auch noch die Fähigkeit hätte, Gedanken zu lesen, das wäre wirklich absolut die Hölle!

»Ich weiß gar nicht, wovon du sprichst«, sage ich ehrlich. »Alles klar, wie du meinst«, sagt Amelia ultracool. »Aber vielleicht haben wir ja auch eine kleine Überraschung für dich. Weißt du übrigens, wie man das buchstabiert?« Sie grinst. »D-A-S«, witzele ich, noch bevor ich mich zurückhalten kann. Was ist nur los mit mir? Ein Teil von mir hat wirklich ein bisschen Angst davor, von welcher schrecklichen Sache Amelia hier um alles in der Welt spricht, aber macht man dann auch noch alberne Witze?

Amelia wirft mir einen angewiderten Blick zu und klappt ihre Tischplatte nach oben, damit sie mich nicht mehr sehen muss. Sie und Natalie fangen an zu flüstern. Na und? Das macht mir gar nichts aus. (Ein bisschen macht es mir schon was aus.) Aber nach außen hin ist es mir egal. Und was soll das jetzt überhaupt mit dem Buchstabieren?

Okay, alles klar. Jetzt weiß ich also, was es mit dem Buchstabieren auf sich hat. Es gibt ein Rundschreiben an alle zu einem Buchstabierwettbewerb zwischen den einzelnen Klassen. Jeder, der sich dafür interessiert, soll daran teilnehmen. Und jetzt haltet euch fest – Amelia hat mich einfach dafür angemeldet! Ich bin so lausig schlecht im Buchstabieren, dass ich definitiv nur verlieren kann. Ganz offensichtlich will sie, dass ich noch mehr gedemütigt werde. Also ehrlich. Wenn das nicht schon das *Allerletzte* ist, dann kommt es ihm zumindest ziemlich nahe. Ich werde mich auf jeden Fall wieder abmelden. Ich beschließe, in der Pause zum Lehrerzimmer zu gehen und unserer Klassenlehrerin Mrs Cole zu sagen, dass ich auf keinen Fall am Buchstabierwettbewerb teilnehmen werde und sie mich bitte von der Liste streichen soll. Hmmm, vielleicht sollte ich doch meinen Cartoon fotokopieren. Aber nein, nein, niemals. Das würde ich niemals tun. Nur warum hat Amelia mich bloß zum Buchstabierwettbewerb angemeldet?

»Toons! Hey, Toons! Warte mal!« Tanya Harris.

Ich gebe mein Bemühen, mir einen Weg durch einen Pulk von Leuten mit Kurs auf die Kantine zu bahnen, auf, drehe mich stattdessen um und gehe ihr entgegen. Ich weiß genau, Tanya wäre von meinem Schaf-Cartoon *begeistert*. Und ich bin so sauer auf Amelia, dass ich ihn ihr zeigen will.

»Hey, Tanya, ich will dir was zeigen«, sage ich und ziehe den Cartoon aus meiner Tasche, sowie sie bei mir angekommen ist.

Tanya betrachtet das »Höllfern Juniors Fashion-Victim-Schaf« interessiert und schnauft vor Lachen begeistert vor sich hin.

»Oh, Toons, das ist genial. Hast du das gezeichnet? Das hättest du mir sagen müssen. Dann hätte ich die Dinge nicht schon selbst für dich in die Hand genommen.« In meinem Kopf klingelt plötzlich ein warnendes Glöckchen.

»Oh, äh … wie bitte, Tanya?«

»Wie ich es gesagt hab. Ich hab alles für dich geregelt. Ich steh immer hinter dir, erinnerst du dich? Weil wir in derselben Bande sind und so. Hab ich dir doch gesagt. Ich bin dein Bodyguard, alles klar?«

»Was hast du getan?« Ich versuche, möglichst nicht panisch zu klingen.

»Shantair hat mir erzählt, dass sie dich mit irgendeinem

gemeinen Brief reingelegt haben. Sie hat die ganze Sache beobachtet. Ganz schön gestört, diese widerlichen Zicken. Das können wir nicht dulden. Nicht die kleine Toons. Dafür bist du viel zu nett. Das ist ja so ähnlich, als wäre jemand hinter Bambi her. Also hab ich das hier in meiner freien Zeit am Computer ausgedruckt, in IT.« Sie gibt mir ein zusammengefaltetes Blatt Papier.

»Nur ein kleiner Warnschuss vor den Bug. Damit sie, bevor sie so was noch mal machen, gefälligst zweimal nachdenken. Ich habe Amelia heute Morgen eins davon auf den Tisch gelegt.«

»Oh, wow, wirklich?« Einen Moment lang bin ich sprachlos. Ich falte das Papier auseinander. In massiven Großbuchstaben steht da in schwarzer Druckertinte:

ICH HAB DICH IM AUGE.
ACE STEHT UNTER DEM SCHUTZ VON
TANYA HARRIS »DAS TIER«.

Oh. Mein. Gott. Sieht aus wie eine Warnung von der Mafia persönlich. Okay, zugegeben, ich bin schon amüsiert und irgendwie auch beeindruckt, dass es Tanya gelungen ist, in ihrer freien Computerzeit in IT Drohbriefe auszudrucken. Das ist irgendwie ziemlich risikofreudig. Aber trotzdem.

»Keine Ursache«, strahlt Tanya. Dann zwinkert sie mir zu und schlendert über den jetzt etwas weniger überfüllten Korridor davon.

Ich begebe mich in Richtung Lehrerzimmer und bin total konfus. Ich kann mich irgendwie nicht richtig entscheiden, ob ich mich darüber freuen soll, dass ich unter Tanyas »Schutz« stehe und sie diesen Warnbrief für mich geschrieben hat, oder vielleicht doch eher in Panik geraten sollte. Ich glaube, irgendwie fühle ich mich geschmeichelt, aber auch etwas peinlich berührt davon, dass ich »gerettet« werden musste.

Ich war mir nie ganz sicher gewesen, wie man mich in der Schule sah, aber jetzt weiß ich es – zumindest was Tanya Harris betrifft, bin ich also so eine Art *Bambi*.

Und jetzt verstehe ich auch, wovon Amelia an diesem Morgen gesprochen und warum sie mich zum Buchstabierwettbewerb angemeldet hatte. Amelia dachte offensichtlich, ich hätte Tanya darum gebeten, ACE unter ihren Schutz zu stellen. Was ich nicht getan habe. (Also hat im Grunde Tanya dieses blöde Buchstabierwettbewerbsproblem verursacht.)

Zu meiner äußersten Bestürzung will Mrs Cole nicht zulassen, dass ich mich aus dem Wettbewerb wieder abmelde. Sie ist in Eile, als ich sie zum Ende der Pause hin erwische, und definitiv nicht in der Stimmung zu verhandeln.

»Aber was, wenn ich Ihnen sage, dass ich mich nicht mal selbst angemeldet habe? Jemand hat mir einen Streich gespielt«, sage ich.

»Hör mal, Jessica, ich habe keine Ahnung, wovon du sprichst, aber ich habe jetzt keine Zeit für diese alberne Unentschlossenheit. Du wirst dich auf gar keinen Fall wieder abmelden. Das wird eine tolle Erfahrung für dich sein.«

»Oh.« Ich versuche, die Klemme, in der ich anscheinend stecke, vollständig zu überblicken. »Aber nein, das wird es nicht. Wirklich, Mrs Cole, ich bin eine völlige Niete im Buchstabieren.

Es wird so peinlich sein. »Kann ich mich nicht doch bitte wieder abmelden? *Bitte* !«

»Jetzt hör mal zu, Jessica«, sagt Mrs Cole mit ernster Stimme. »Du bist ein sehr cleveres Mädchen, und es gibt keinen einzigen Grund auf der Welt, warum du nicht besser im Buchstabieren werden solltest, wenn du nur genug übst. Auf den Versuch kommt es an, weißt du. Damit kannst du es noch weit bringen.« (Im Moment kann ich mir kaum einen einzigen guten Ort vorstellen, an den mich diese Versuche je gebracht hätten.)

»Außerdem kann man dabei Geld gewinnen.«

»Geld gewinnen?«

»Genau genommen iTunes-Gutscheine. Aber das ist genauso gut wie Bargeld, nicht wahr. Ich bin sicher, dass ihr sowieso euer ganzes Geld dafür ausgebt.«

»Na ja …«

»Und noch etwas anderes. Deine Kunstlehrerin Mrs Cooper hat mir erzählt, dass du sehr gut zeichnen kannst.«

»Ich, ähm …«

»Also, ich hoffe, dass du auch am Osterhütchen-Zeichenwettbewerb teilnehmen wirst.«

»Also, das klingt sehr nett, aber …«

»Engagier dich, Jessica. Der Buchstabierwettbewerb wird Spaß machen. Komm schon, was hast du denn zu verlieren?«

(Hallo? Nur meine Würde oder was davon überhaupt noch übrig ist.)

»Mrs Cole, bitte …«

»Nein, Jessica. Du machst mit. Die Pause ist vorbei, ich bin sicher, dass du jetzt auch in deinen Unterricht musst, oder? Denn wenn du zu spät kämst, wäre das wirklich peinlich.«

Damit eilt sie an mir vorbei, hinein in die nächste Stunde. Und ich sitze im Buchstabierwettbewerb fest. Ich *hasse* Amelia.

Am Ende des heutigen Schultags passiert etwas ganz, ganz Seltsames. »Wirst du heute schon anfangen, Buchstabieren zu üben?«, fragt Cherry mich, als wir uns auf den Weg zum Schachclub machen. »Ich denke nämlich, dass du das unbedingt tun solltest.«

(Das ist übrigens noch nicht diese ganz seltsame Sache, sondern ganz normal. Jeden Mittwoch gehen wir zusammen in den Schachclub, und jedes Mal sagt Cherry mir, ich solle fleißiger lernen.)

»Ich glaube nicht, dass das einen derart großen Unterschied macht«, antworte ich.

»Ich denke aber, du solltest es zumindest *versuchen*«, sagt Cherry.

»Hm. Na ja, die Sache ist die, es ist ja nur ein …«

»Hey, klasse Cartoon!«, sagt ein Junge namens Luke, als er im Flur an uns vorbeigeht. »Echt witziges Schaf«, fügt sein Freund Sam hinzu. Dann sind sie wieder weg.

Das ist diese ganz, ganz seltsame Sache.

Eine Sekunde lang denke ich: Das ist ja komisch. Warum sollte mir irgendjemand dazu gratulieren, dass ich …

Dann denke ich: DAS KANN NICHT SEIN! Neiiiiiiiiin!

»Was hast du?«, fragt Cherry, als ich plötzlich anfange, auf der Suche nach meiner Zickenstress-Bekämpfungs-Geheimwaffe wie wild meine Tasche zu durchwühlen. Die Zeichnung ist nicht da!

»Oh nein«, flüstere ich.

»Was ist denn?«

»Ich glaube ... Cherry, ich glaube, Tanya Harris hat wahrscheinlich einen Cartoon, den ich von – na ja, von so was Ähnlichem wie – Amelia gezeichnet habe, an sich genommen und ihn fotokopiert.« Oh Gott, wieso hatte ich denn bloß nicht gemerkt, dass sie ihn mitgenommen hatte? Ich war viel zu konfus. Tanya hat bestimmt gedacht, dass sie mir damit einen Gefallen tut, wenn sie ihn fotokopiert! Ich war gar nicht mehr dazu gekommen, ihr diese ganze private Stress-Bekämpfungs-Geschichte des Cartoons zu erzählen, so sehr hatte mich ihre beängstigende Drohbotschaft verwirrt.

Na ja, eigentlich ist es ja nicht eindeutig Amelia. Ihr Name steht nirgendwo. Gott sei Dank! Mir läuft ein Schauer über den Rücken, als ich daran denke, dass ich ihn fast noch dazugeschrieben hätte. Ohhh nein. Warum hatte ich die Zeichnung Tanya bloß gezeigt? Wie konnte ich nur!

Okay, konzentriere dich. Es ist nur ein lustiger Cartoon. Es ist nur ein lustiger Schaf-Cartoon, der sich über einen bestimmten Typ Mensch (zu dem auch Amelia zufällig gehört) lustig macht, aber er ist nicht *speziell* gegen sie gerichtet.

Ohhh. Ich war's nicht. Im Grunde hat Tanya es getan. (Ich höchstens ein bisschen ...) Es ist Tanyas Schuld, nicht meine. Wenn ich Tanya finde, kann ich vielleicht herausfinden, wie viele Kopien sie gemacht hat, und verhindern, dass sich der

Cartoon noch weiter verbreitet. Ja! Vielleicht würde Amelia ihn dann noch nicht mal zu Gesicht kriegen.

»Da bist du also!« Hinter uns ertönt ein Schrei. Wir drehen uns um. Da steht Amelia und sieht ziemlich geladen aus. Natalie bleibt hinter ihr, ein bisschen weiter weg. Ich würde jetzt mal zu behaupten wagen, dass Amelia den »Höllfern Juniors Fashion-Victim-Schaf-Cartoon« bereits gesehen haben könnte.

»Na du«, sage ich gekünstelt.

»In letzter Zeit mal was gezeichnet?«, grinst Amelia verächtlich.

»Hey«, sage ich. »Also erstens habe ich das nicht fotokopiert. Und zweitens: Beweise es!«

Amelia gibt nicht auf. »Wie kommt es nur, dass du eine solche Spezialistin dafür bist, wie man nett zu anderen ist?« Sie klingt irgendwie etwas mitgenommen. Ich wette, das wärst du auch. Sogar, wenn du Amelia wärst.

»Amelia, komm, lass uns einfach gehen«, sagt Natalie. »Also gut«, sagt Amelia. »Aber denk bloß nicht, ich wüsste nicht, dass ich das Schaf da sein soll!«

»Hör mal, das ist wirklich von A bis Z dumm gelaufen«, erkläre ich. »Das sollte eigentlich niemals jemand anders sehen.«

Amelia starrt mich ungläubig an, mit einem leicht verzerrten Ausdruck von Wahnsinn im Gesicht. »Ich werde dich morgen im Buchstabierwettbewerb VERNICHTEN!«, kreischt sie.

Wenn ich mal wirklich ganz ehrlich bin, habe ich ziemlich gemischte Gefühle wegen all dem. Amelia war wirklich sehr gemein, und etwas in mir freut sich diebisch, dass sie sich so ärgert. Aber dem Rest von mir tut sie fast ein bisschen leid. Ich hatte nie vor, mich gegen sie zu verschwören. Und sie *ist* immerhin noch neu an der Schule.

»Dieser bescheuerte Buchstabierwettbewerb ist mir wirklich vollkommen egal«, sage ich. »Aber dass du mir meine beste Freundin weggenommen hast und so gemein zu mir gewesen bist, das ist mir nicht egal. Ich hatte nie vor, diesen Cartoon zu veröffentlichen, aber was soll's, Amelia. Wie man in den Wald hineinruft, so schallt es daraus zurück.«

Natalie und Amelia starren mich mit offenen Mündern an.

Cherry und ich drehen uns um und machen uns auf den Weg zum Schachclub.

16. kapitel

Auf diese Wendung der Ereignisse war ich selbst nicht vorbereitet. Ich hatte nicht erwartet, dass ich vor Natalie und Amelia so mit der Wahrheit über meine Gefühle herausplatze, während gleichzeitig ein Cartoon, den ich zwar gezeichnet habe, aber nie in Umlauf bringen wollte, überall die Runde macht. Trotzdem, ganz ehrlich, bin ich etwas durcheinander.

Ich habe lange versucht, es Amelia heimzuzahlen. Aber jetzt, wo ich das ja irgendwie getan habe, habe ich kein so gutes Gefühl mehr dabei. Es fühlt sich gemein an. Ich kann nichts dafür, rufe ich mir selbst in Erinnerung. Mich trifft daran keine Schuld. Wirklich nicht. Tja, so würde ich es wohl sehen können, wenn ich mich nicht so verdammt schuldig fühlen würde.

Amelia ist schrecklich. In vielerlei Hinsicht verdient sie es nicht besser. Ich bin fertig mit ihr. Ich bin fertig mit dieser ganzen Amelia-Sache. Nur …

Ich befürchte, ich habe sie ziemlich erfolgreich so sehr verärgert, dass sie mir nur darum mit meiner *Vernichtung* gedroht hat. Auf einem Buchstabierwettbewerb.

Nicht, dass ich irgendetwas davon wirklich ernst nehmen könnte, aber der Punkt ist: Sie hat ihre Coolness verloren. Es ist das allererste Mal, dass ich sie als das zierliche Mädchen sehen kann, das neu in der Klasse ist und gerne dazugehören möchte. Und verzweifelt versucht, alles, was in ihrer Macht liegt, zu tun, um neue Freunde zu finden und zu behalten. (Auch wenn das eben bedeutet, dass deren bereits existierende Freunde dafür geopfert werden müssen.)

Die ganze Zeit hat sie versucht, cool zu sein und sich beliebt zu machen, damit man sie mag. Aber jetzt ist sie überhaupt nicht mehr cool und hat, zumindest in meinen Augen, ihre ganze Macht verloren. Tammy hatte also recht mit der Kraft eines satirischen Cartoons. Ich habe keine Angst mehr vor Amelia. Sie tut mir höchstens noch ein bisschen leid. Das wird sie natürlich nicht aufhalten. Und sie wird sich extrem mit diesem Buchstabierwettbewerb brüsten. Gott, wie ich Buchstabieren hasse.

Es wäre vielleicht am besten, wenn ich jetzt doch noch ein bisschen übe. Aber stattdessen gucke ich mir auf unserem Familien-Laptop Videos an, in denen Leuten grässliche Missgeschicke passieren. Ich sollte eigentlich sofort damit aufhören und noch etwas tun …

Okay … gleich, nur noch diesen *einen* Film!

Meine Schwester ist noch da. Ich glaube, sie war auf irgendeinem Marsch oder Protest oder so wegen der Haushaltskürzungen im sozialen Bereich. Meine Eltern und sie haben sich noch mal gestritten. Jetzt ist sie weggegangen, aber ich glaube, sie kommt heute Abend zurück.

Schade, dass sie jetzt nicht da ist. Sie könnte mir helfen und mich beim Buchstabieren abhören. Ryan versteht noch nicht genügend lange Wörter, um das zu übernehmen. Und meine Eltern will ich nicht fragen, denn dann wissen sie, dass ich an einem Buchstabierwettbewerb teilnehme, und werden mich zu einer Menge Arbeit zwingen, als ob es da um etwas wirklich Wichtiges ginge, oder so.

Ihr seht also, dass genau genommen eigentlich Tammy

schuld daran ist, dass ich immer noch Videos auf dem Computer gucke, statt zu üben. Aber gleich höre ich auf, ganz sicher. Nur noch ein einziger Film.

Heute ist Donnerstag. Um die Mittagszeit findet der Buchstabierwettbewerb statt und ich habe mich überhaupt nicht mehr vorbereitet. Na ja, nicht gar nicht. Ich habe mich immerhin selbst getestet, um zu sehen, ob ich Linksradikalenrechtsschutzversicherung buchstabieren kann. Es hat nicht geklappt. Ich verstehe außerdem auch gar nicht, was das Wort bedeutet. Aber es ist ja auch wirklich sehr lang, stimmt's? Das kommt bestimmt nicht vor.

Ich weiß auch nicht, was ich mir dabei gedacht habe. Ich hätte mich wohl besser mit Wörtern wie »recherchieren« oder »memorieren« getestet, die wahrscheinlich eher drankommen könnten. Wenn ich das mal bloß memoriert hätte … Haha, ich mache Witze. Sogar noch, wenn's mir gleich an den Kragen geht. Oh Gott.

In der Pause, auf dem Weg zum Kunstunterricht, trage ich mich für die Teilnahme am Osterhütchen-Zeichenwettbewerb ein. Warum eigentlich nicht, denke ich mir. Ich bin sicher, dass dies genau die Art von Wettbewerb ist, die mich Amelias Auffassung nach total kindisch macht, aber das ist mir egal. Ich liebe Zeichnen.

Der etwas zu gut gelaunt wirkende Aushang zum Wettbewerb sagt, dass wir unsere Vorstellung davon zeichnen sollen, wie ein besonders schönes Osterhütchen aussehen könnte. Die 6C und die 6P liegen Kopf an Kopf, genau wie im Buchstabierwettbewerb.

Ich liebe es, wie unsere Schule versucht, das alles immer unglaublich aufregend klingen zu lassen, als sei es so was Ähnliches wie Wrestling oder so. »Gemeinsam betretet ihr den Ring, aber nur einer wird ihn wieder verlassen.« (Okay, ganz so extrem machen sie es zwar nicht, aber denkbar wäre es.) Das ist echt bescheuert, wenn ihr mich fragt.

Hmmm. Im Aushang steht außerdem, dass die besten Bilder ausgestellt werden und die Gewinner mit Ostereiern belohnt werden. Ostereier. Ostereier? Was ist denn aus den *Geldpreisen* geworden? (Oder den iTunes-Gutscheinen?) Versteht mich nicht falsch, ich liebe Schokolade. Aber für mich klingt das so, als hätte das Zeichnen für sie nicht den gleichen Stellenwert wie das Buchstabieren, oder so.

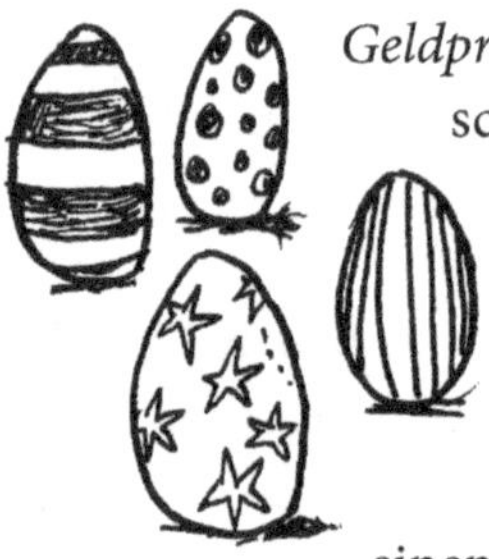

»Hey, also wieso meldest du dich denn zu einem Osterhütchen-Zeichenwettbewerb an?«, fragt Joshua, der plötzlich neben mir steht.

»Warum nicht?«

»… 'n bisschen unter deinem Niveau, findest du nicht?«, sagt er. Ich schmunzle. Zumindest hat er nicht gesagt, dass er es kindisch findet.

»Na ja, es gibt ja nicht allzu viele Zeichenwettbewerbe. Ich dachte mir, da könnte ich ja mal mitmachen«, sage ich.

»Du solltest deine Zeit damit nicht verschwenden«, fährt er fort. »Ich habe eine bessere Idee. Ich wollte schon in Kunst mit dir darüber reden.«

Ich ignoriere Joshua und vervollständige meinen Namen auf der Anmeldung. Es ist mir egal, was er sagt, ich nehme auf jeden Fall an dem Wettbewerb teil.

»Okay«, sage ich, als wir uns auf den Weg zum Kunstraum machen. »Ich bin ganz Ohr.« Es stellt sich heraus, dass Joshua mit mir zusammen eine regelmäßige Fanmagazin- oder Comic-Sache starten will. Ich werd verrückt!

»Und in jeder Ausgabe könnte eine neue Karikatur erscheinen«, sagt er.

»Karikatur?« Ich bin total verwirrt.

»Ja, Karikatur«, grinst er. »Du weiß doch, was eine Karikatur ist, oder?«

Hmmm. »Gott, ja, ich bin ja nicht bescheuert«, sage ich aufgeregt. Okay, also ich *glaube*, eine Karikatur ist ein frecher Cartoon, der sich über jemandes Aussehen lustig macht. Also zum Beispiel, wenn man Prinz Charles mit noch riesigeren Ohren zeichnet, als sie schon in Wirklichkeit sind.

»Gut, denn die mit den Fashion Victims, die du über die eingebildeten Mädchen aus unserer Klasse gemacht hast, war wirklich sehr lustig.«

Ha! Ich habe also recht! Und ich habe sogar schon eine gezeichnet. Mein Fashion-Victim-Schaf ist eine *Karikatur*. Und wer hat das wieder gewusst? Joshua, der Klugscheißer, der denkt, er wüsste alles. Und er quatscht immer noch weiter …

»So was könnten wir doch auch mit allen anderen Gruppen machen, verstehst du? Du könntest witzige Zeichnungen von den Sportskanonen, den Nerds und so weiter machen. Wie eine Serie. Das könnte so was wie unser Hillfern-Juniors-Vermächtnis zum letzten Jahr werden.«

Wahnsinn! Klingt nach einer aufregenden Idee – einerseits. Aber andererseits … ? Gäbe es denn überhaupt jemanden, der sich dafür interessiert?

»Und wir könnten auch noch andere Comics und so was machen«, fährt er fort. »Ich habe ein paar Freunde, die ganz begeistert davon wären, sie zu zeichnen. Und wir könnten witzige Artikel schreiben und über die Neuigkeiten aus der Schule berichten – aber über die wirklich wichtigen Sachen, nicht diesen ganzen seichten Kram.«

»Oh ja«, sage ich und nicke.

»Und wir könnten das Heft *verkaufen*«, verkündet Joshua mit einem Tusch. Damit scheint er am Ende seiner Rede angekommen zu sein. Wir setzen uns an unsere Tische. »Was hältst du davon?« Er sieht mich an. Ich bin unsicher, was ich sagen soll. Ich kann es einfach nicht einschätzen. Ich glaube, ich habe Angst. Angst davor, dass wir uns die ganze Mühe machen und es hinterher niemand haben will.

»Hmmm. Das klingt irgendwie nach einer ziemlich coolen Idee …« Ich verstumme langsam.

»Kommt da noch ein *und* oder ein *aber* …?«, fragt Joshua.

»Na ja«, sage ich. »… oder ein *na ja*?«, fragt er, ohne zu zögern. Ich muss lachen. Ich glaube, es würde wirklich viel Spaß machen, mehr Zeit mit Joshua zu verbringen. Außerdem liebe ich es doch, zu zeichnen und produktiv zu sein. Und das hier wäre ein genialer Weg, um genau das alles zu tun. Und wer hat jemals etwas erreicht, ohne dabei auch ein Risiko einzugehen? Ich meine, gerade gestern hatte Mrs Cole mir geraten, mehr Neues auszuprobieren. Na ja, oder so ähnlich jedenfalls. Wenn ich also einen Cartoon-Comicstrip machen würde, der die Schule aufs Korn nimmt, würde ich damit im Grunde sogar absolut den Anweisungen meiner Lehrerin folgen …

Ach, wisst ihr, was? Ich denke einfach zu viel. »Ich bin dabei«, sage ich grinsend.

»Genial«, sagt Joshua. »Jetzt brauchen wir nur noch einen Namen.«

Oh nein, nicht wieder diese Namenssache. Es hat ewig gedauert, bis mir ACE eingefallen ist. Jetzt fangen wir schon wieder von vorne an …

Aber – davon mal abgesehen – ist das alles verdammt genial.

Was würdet ihr sagen, wenn ich euch erzähle, dass beim Buchstabierwettbewerb ein Wunder geschehen ist und ich gewonnen habe?

Ganz genau! Das wäre gelogen!

Natürlich gab es kein Wunder. Ich hatte mich ja auch nicht vorbereitet und ich bin eine absolute Buchstabier-Niete. *C'est la vie.* (Das ist französisch für: *So ist das Leben.* Wirklich schade, dass es kein Französischtest war. Darin bin ich nämlich viel besser.)

Egal. Das Gute an der Sache ist, dass auch Amelia nicht gewonnen hat. Sie ist Zweite geworden.

Für mich ist das ein kleiner Pyrrhussieg. (Das bedeutet: leerer, hohler Triumph – könnt ihr euch vorstellen, dass wir dieses Wort tatsächlich buchstabieren sollten? Keine Chance für mich. Aber auch das hatte etwas Gutes – ich habe ein neues Wort gelernt.)

Irgendwie fand ich den Buchstabierwettbewerb am Ende doch lustig. Ich konnte einfach nicht anders. Ich glaube, das liegt daran, dass ich zurzeit teilweise so aufgeregt darüber bin, mit Joshua die Cartoons zu machen, dass mich andere Dinge, die mir früher Angst gemacht haben, im Moment gar nicht weiter aus der Fassung bringen. Und auch mit dem Schaf-

Cartoon bin ich fein raus. Niemand ist darauf gekommen, dass Amelia gemeint sein könnte – bis auf Amelia selbst. Sie ist vor den anderen dadurch überhaupt nicht in Schwierigkeiten geraten. Die Leute halten es alle nur für einen Witz über einen bestimmten Typ Mensch. Eine *Karikatur* eben.

Und, ich habe im Buchstabierwettbewerb immerhin mehr richtige Antworten gegeben, als ich selbst für möglich gehalten hatte. Dann machte ich einen Fehler (mal ernsthaft – bei *Pyrrhussieg* – also *wirklich*). Und natürlich war Amelia ganz schön gehässig vor Schadenfreude.

Aber das ist mir egal. (Okay, es ist mir *fast* egal.) Buchstabieren ist eben nicht unbedingt meine Stärke. Man kann ja nicht überall gleich gut sein. Und die Welt wäre ja auch ziemlich langweilig, wenn wir alle gleich wären. Und, es ist ja auch nicht meine Schuld, dass in der Welt Dinge, die ich weniger gut kann, mehr wert sind als Dinge, die ich richtig gut kann. Etwas anderes zu behaupten, wäre schon fast faschistisch. (Habe ich vielleicht zu lange mit meiner Schwester herumgehangen?) Wie auch immer, die Sache ist die: Dieser Buchstabier-Quatsch ist jetzt vorbei, und ich kann mich endlich wieder darauf konzentrieren, mein Leben zu leben.

♥ ♥

Übrigens, der heutige Schultag endete sogar mit einer noch seltsameren Sache als der gestrige. Als es klingelt und wir alle wie wild dabei sind, nach draußen zu rennen, kommt Amelia zu mir herüber und sagt: »Ich will mit dir reden.«

Oh Gott, denke ich. Ich wette, sie wird mir einen wütenden Vortrag darüber halten, was mein Cartoon alles angerichtet hat. Wahrscheinlich wird der Vortrag mehrere Witze über meine Buchstabierunfähigkeit beinhalten und wie ungebildet und dumm ich bin, oder so …

»Hmmm. Das willst du?«, antworte ich, während unsere Klassenkameraden langsam an uns vorbeigehen. Bis auf Natalie, die gleich hinter Amelia stehen bleibt.

»Ja, also …«, sagt Amelia. »Ich … ähm … ich denke, wir sollten lieber, ähm … Freundinnen sein.« Nichts hatte mich auf diese neue, schlagartige Wende meines Schicksals vorbereitet. (Was sollte das denn nun wieder für ein neuer Trick sein?)

»Was?«, sage ich.

»Hör mal, das war heute sicher nicht einfach für dich, als ich dich im Buchstabierwettbewerb geschlagen habe …«, setzt Amelia an. (Tatsächlich war es überraschenderweise so was von leicht gewesen.)

»… aber du hast es wirklich gut weggesteckt. Und, na ja, ich wollte nur sagen, irgendwie ist … es ja auch schade, dass wir uns immer nur streiten.«

Wie bitte? Was? Mal ernsthaft. Okay – also entweder ist das ein neuer Trick, oder ich fange schon an, Stimmen zu hören.

»Wie meinst du das?«, frage ich Amelia. (Ich meine, es klingt nicht gerade wie eine Entschuldigung, aber was um alles in der Welt ist hier los?)

»Was ich nur sagen will, ist …«, gerät Amelia ins Stocken, »dass wir …«

»Hör mal, ich sag dir mal was«, unterbreche ich sie müde. »Ich bin echt nicht in der Stimmung für noch mehr von deinen Tricks. Ich bin sicher, dass was auch immer du jetzt wieder geplant hast, sicher irrsinnig witzig ist, aber mich ödest du inzwischen an.« Ich bin dabei, mich auf den Weg zu machen.

»Nein!«, sagt Amelia. »Das ist kein Trick. Hör mal, ich glaube, zwischen uns haben sich die Dinge irgendwie ein bisschen blöd entwickelt, mit der ganzen Konkurrenz und so …« (Konkurrenz? Darum, wer am gemeinsten sein kann? Das ist kein sehr ausgewogener Wettbewerb. Den gewinnst du mit links, würde ich sagen.)

»… und ich weiß, dass ich mich genauso schlimm verhalten habe wie du …« (NEIN, schlimmer, Amelia, du warst viel schlimmer als ich. Und außerdem finde ich, dass du angefangen hast.)

»… aber irgendwie ist es dumm, mit diesem Kleinkrieg gegeneinander immer weiterzumachen. Wie in dem Buchstabierwettbewerb. Den ich ja gewonnen habe. Und, na ja, ich wollte sagen, das ist … das ist ja nur ein dummer Wettbewerb … und ich hab ihn gewonnen, und …« (Meine Güte, wie oft will sie die Tatsache, dass sie gewonnen hat, denn noch in diesem einen Satz erwähnen? Und außerdem ist sie doch eigentlich nur Zweite geworden, oder?)

Amelia ringt nach Worten. »Hmmm … Und ich finde, wir sollten besser … Freundinnen … werden«, schließt sie die Sache endlich ab. Dabei sagt sie die letzten beiden Wörter sehr viel leiser, so als ob es ihr unangenehm ist, sie auszusprechen. Ich kann sie kaum verstehen.

»Wie bitte?«, sage ich.

»Lass uns Freundinnen werden.« Amelia wiederholt es, diesmal bedeutend lauter und mit einem Tick Verärgerung in der Stimme. Sie wirft Natalie einen kurzen Blick zu.

Also, ich bin ja kein Detektiv, aber wenn ich hier mal einen Verdacht äußern soll, würde ich tippen, dass diese ganze Sache hier Natalies und nicht Amelias Idee war. Ich glaube nicht, dass sich an Amelias Einstellung mir gegenüber irgendetwas geändert hat oder dass sie wirklich meine Freundin sein will. Das ist total abwegig.

Oberflächlich betrachtet soll es wohl so aussehen, als wäre Amelia aus einem Überlegenheitsgefühl heraus bereit einzulenken. Als ob sie glaubt, sie könnte unseren Kleinkrieg jetzt zu ihren Bedingungen beenden, weil sie mich geschlagen hat. Aber vielleicht ist sie auch nur Tanya Harris leid, die ständig auf dem Flur versucht, ihr ein Bein zu stellen.

In Wirklichkeit aber, wenn man ihre Körpersprache und ihre gelegentlichen kurzen Blicke zu Natalie betrachtet (die irgendwie nervös wirkt), würde ich sagen, dass Amelia mich höchstwahrscheinlich immer noch genauso hasst wie vorher und das Ganze hier nur Natalie zuliebe tut.

Was bedeutet, dass (a) Natalie sich schließlich dann doch für mich entschieden haben und (b) Amelia Natalie wirklich sehr mögen muss, wenn sie bereit ist, um ihretwillen nett zu mir zu sein (obwohl sie mich nicht leiden kann). Hmmm. Ich weiß nicht, was ich jetzt machen soll. Ist es wirklich eine gute Idee, dass zwei Leute, die sich eigentlich für alle sichtbar hassen, lügen und behaupten, dass sie sich nicht hassen, sondern in Wirklichkeit mögen – für das höhere Ziel, ihre gemeinsame Freundin glücklich zu machen?

»Hmmm, du denkst also, dass wir uns anfreunden sollten?«, sage ich schließlich.

»Das hab ich doch gesagt, oder?«, schnappt Amelia zurück, fängt sich dann aber wieder und fügt hinzu: »Weil ich das so möchte.«

Hmmm. Ich bin wirklich nicht sicher, ob das funktionieren kann. Ich meine, zum einen weiß ich nicht, ob Amelia es überhaupt länger als eine Stunde aushält, mich nicht *dumm* und *modisch so was von daneben* zu nennen. Aber auf der anderen Seite möchte Natalie ganz offensichtlich gerne wieder mit mir befreundet sein. Hmmm.

»Also, Amelia, das ist wirklich nett von dir«, lüge ich sie an. (Es ist überhaupt nicht nett und du meinst es ja auch gar nicht so, ergänze ich stumm.) »Lass uns doch versuchen, erst mal freundlich zueinander zu sein, und dann schauen wir mal, wie das funktioniert.« Ich meine, das ist immerhin ehrlich. Zu behaupten, dass man befreundet sei, bedeutet überhaupt nichts. Letztlich zählt doch nur, wie du dich *verhältst*.

»Perfekt«, sagt Amelia und streckt die Hand aus. Wir schütteln uns die Hände.

»Oh, ich bin so froh, dass ihr zwei das nun endlich hinter euch lasst«, sagt Natalie und kommt nach vorne. (Ehrlich, manchmal zweifle ich an Natalies Wahrnehmungsfähigkeit.) »Jess, es tut mir so leid, dass wir dir diesen Streich mit dem Bowling gespielt haben«, fährt sie fort. »Ich habe mich deswegen ganz *grässlich* gefühlt. Es ist wahrscheinlich das Schlimmste, was ich je getan habe. Aber ich war so verletzt. Weißt du, an dem Tag, an dem ich dich angerufen habe, musste ich schon meinen ganzen Mut zusammennehmen, und es fiel mir sehr schwer, dir all diese Sachen zu sagen. Aber ich wünschte mir so sehr, wir könnten wieder Freundinnen sein. Aber dann wolltest du nicht und hast einfach aufgelegt. Erst war ich am Boden zerstört. Dann machte es mich richtig wütend. Ich weiß, das ist keine Entschuldigung, aber ... Und dabei sind wir noch nicht mal bowlen gegangen.«

»Ja, mir tut das auch leid«, sagt Amelia.

»Danke«, sage ich. (Ich vermute, ich sollte mich auch entschuldigen). »Ähm, also das mit dem Schaf-Cartoon tut mir übrigens auch leid. Aber ehrlich, eigentlich sollte ihn überhaupt niemand sehen. Tanya Harris hat ihn ohne meine Erlaubnis einfach kopiert.«

»Ach, das ist schon okay, ist ja nichts Schlimmes passiert«, antwortet Natalie, obwohl Amelia kein Wort sagt. »Kommt schnell, dann kriegen wir den Bus noch.« Gemeinsam gehen wir nach draußen. Es fühlt sich alles ein bisschen steif und fremd an. »Oh, ja also, Amelia hatte übrigens noch eine Idee«, sagt Natalie. »Wenn wir an der Bushaltestelle sind.«

»Ja, ich dachte mir Folgendes«, sagte Amelia. »Falls du noch mal Cartoons für Buttons zeichnest, können wir die ja auch mit Cassys Button-Maschine herstellen. Wenn du magst.«

»Ist das nicht eine nette Idee?«, sagt Natalie strahlend.

»Äh, oh ja, cool«, sage ich. Ich meine, ich nehme an, dass es cool ist. Wahrscheinlich finden sie, dass sie richtig nett zu mir sind und mich mit einbeziehen, oder so. Nur, ihnen ist noch nicht wirklich klar geworden, dass ich jetzt, wo ich eine bekannte Cartoonistin bin (die schon mindestens fünfzig Leute kennen) und außerdem sogar eingeladen wurde, meine Arbeiten (in einem selbst verlegten Fan-Magazin) zu veröffentlichen, einfach viel, viel schwerer zu beeindrucken bin.

Aber keine Angst, ich bin trotz meines Erfolgs als Mensch auf dem Boden der Tatsachen geblieben. Haha!

17. kapitel

Ich kann einfach nicht glauben, dass Natalie und ich jetzt wieder so was wie Freundinnen sind. Also, ich meine, das sind wir. Ich bin irgendwie schon ihre richtige Freundin. Es fühlt sich nur noch so unwirklich an. Ja, ich habe zwar gesagt, dass ich wieder ihre Freundin sein will. Nur, dass ich mich leider nicht hundertprozentig so fühle. Aber klar, ich bin es. Wir sind Freundinnen.

Als ich nach Hause komme, fühle ich mich irgendwie fremd und komisch. Ich bemerke zuerst gar nicht, dass die VanDerks schon wieder in ihrem Vorgarten stehen und über den Zaun hinweg mit meiner Mutter plaudern. Dieses Mal geben sie damit an, dass *ihre Tochter* Harriet den Buchstabierwettbewerb aller sechsten Klassen gewonnen hat.

Sie ist nämlich diejenige, die Amelia besiegt hat. Wie zu erwarten war, hat das den Wettbewerbsnerv meiner Mutter getroffen, und sie ist sauer, dass ich nicht mal erwähnt habe, dass ich teilnehmen würde. (Dämliche Harriet – warum muss sie bloß jedem erzählen, dass ich mitgemacht habe?)

»Ich wünschte, du hättest wenigstens mal kurz erwähnt, dass du dich angemeldet hast«, sagt meine Mutter. »Wir hätten dir doch gestern Abend noch ein bisschen helfen können. Und dann hättest vielleicht sogar du gewonnen!«

»Mum, bitte, wir sollten realistisch bleiben«, sage ich. »Ich hätte nie im Leben einen Buchstabierwettbewerb gewonnen.«

»Das ist absolut nicht die richtige Einstellung!«, sagt meine

Mutter. (Ehrlich, darauf könnte ich in diesem Moment wirklich gut verzichten.) Ich muss mich um wichtigere Dinge kümmern, wie zum Beispiel meinen nagenden Zweifel daran, ob ich jetzt auch wirklich wieder mit Natalie befreundet bin. »Deine Mutter hat recht«, sagt Mr VanDerk und ist damit nicht gerade eine große Hilfe. »Wenn du gewinnen willst, musst du wie ein Gewinner denken.«

Ich stehe hier doch nicht vor Gericht. Warum können sie das Thema nicht einfach ruhen lassen? Nur weil ihr bescheuertes Kind gewonnen hat. »Nun, das alles ist ja jetzt schon Vergangenheit«, sage ich herablassend und versuche, so vom Thema abzulenken. »Und außerdem ist es ja nur ein Buchstabierwettbewerb.«

»*Nur* gibt es nicht«, sagt Mr VanDerk. »Eine Leistung ist eine Leistung, was auch immer es ist. Es ist immer etwas, auf das man stolz sein kann.«

Jaja, blabla, denke ich. Am Ende stimme ich ihm aus Höflichkeit zu und kurz darauf verabschieden wir uns. Doch auch auf dem Weg ins Haus kann meine Mutter es nicht lassen, mich fortlaufend darauf hinzuweisen, dass ich mir mehr Mühe geben müsse.

Ich befürchte, es besteht wirklich die Gefahr, dass die verrückten überehrgeizigen Kinder der VanDerks meiner Mutter den Kopf verdreht haben und sich dadurch ihre Vorstellung davon, was eigentlich normal ist, komplett verändert hat. Ich meine, verglichen mit massenhaft anderen Kindern an meiner Schule arbeite ich wirklich fleißig. (Ich wette, wenn ich ihr Tanya Harris vorstellen würde, wüsste sie besser zu schätzen, wie gut ich tatsächlich in der Schule bin.)

Als wir hineingehen, hat meine Schwester ihren Einsatz

bei dem Spiel »Wie ich meine Eltern davon überzeuge, einen Hund von der Tierrettungsstation aufzunehmen« effektiv erhöht. Dieses Mal ist es schon fast filmreif.

In der Küche stoßen wir auf einen Berg frisch gekaufter Lebensmittel, inklusive Salat, Käse und Tortillas. Oben auf dem Ganzen liegen eine Nachricht und ein Foto von einem sehr niedlichen Hund; seine großen, traurigen Augen blicken direkt in die Kamera.

Die Nachricht lautet:

Liebe Familie Morris,

bitte betrachtet dieses Geschenk (Zutaten für Tortillas) schon jetzt als Zeichen meiner großen Dankbarkeit für all das, was ihr, wie ich inständig hoffe, in baldiger Zukunft für mich tun werdet. Ich weiß, ihr wart auf Sparkurs, aber ihr sollt wissen, dass ich euch wirklich keine Arbeit machen werde und euch jetzt schon so liebe, als wärt ihr ein Teil von mir.

Mit den besten Grüßen,
Euer Fido

PS: Ich würde das Haus auch bis aufs Letzte verteidigen, und ich könnte mir gerne beibringen lassen, die VanDerks zu verbellen.

Ich finde, das ist eine sehr lustige Vorstellung, aber ich bin mir nicht sicher, ob meine Mutter das genauso sieht. »Deine Schwester ist völlig durchgeknallt«, stellt sie fest.

Also, was hat zwei Daumen und die köstlichsten Tortillas zum Abendessen, die man sich vorstellen kann? Die hier. (Ihr könnt mich nicht sehen, aber … meine Daumen … blablabla … ihr wisst ja, wie das geht.)

Ich wünschte, meine Schwester würde öfter mal versuchen, meine Eltern mithilfe von Essen davon zu überzeugen, irgendetwas zu tun.

Als ich später am Abend in meinem Zimmer sitze und für den Wettbewerb weiter an meinem Osterhut zeichne und male, fühle ich mich innerlich ganz ruhig und glücklich. Ich habe mich entschlossen, auf das letzte Blatt des Riesenzeichenblocks zu malen, den ich zu Weihnachten bekommen habe.

Ich male am unteren Rand des Blattes einen sehr traditionellen Hut mit einem blauen Band, das zu einer Schleife gebunden ist. Oben auf den Hut male ich haufenweise unter-

schiedliche Früchte. Es gibt Ananas, Bananen, Trauben, Orangen – im Grunde jedes Obst, das mir so einfällt. Es bildet eine Pyramide und ganz oben an der Spitze sitzt eine Erdbeere.

Dieses Mal benutze ich meine Filzstifte und die Farben sind leuchtend und sehr bunt. Ich finde, die Zeichnung fällt richtig auf. Ich brauche ewig dafür. Am Ende tut mir die Hand schon weh vom ganzen Ausmalen. Aber ich glaube, es lohnt sich. Mir gefällt es ziemlich gut.

Hin und wieder bekomme ich eine lustige SMS von Joshua und schicke ihm eine zurück. Ich habe ihm erzählt, dass ich Berge von Früchten male, und er sagt, er hätte gehört, Mr Scot (einer der Lehrer, die in der Wettbewerbsjury sitzen) sei ein Fan von »großen Melonen«, also hätte ich wohl gute Chancen.

Er ist manchmal wirklich sehr unanständig. Verglichen mit ihm mache ich schon fast einen gut erzogenen, höflichen Eindruck! Aber er *ist* lustig. Ich mag ihn sehr.

Als ich fertig bin, versuche ich, meinen Schreibtisch ein bisschen aufzuräumen, und dabei fallen mir einige Papiere auf den Boden. Als ich sie aufhebe, entdecke ich auf einem der Blätter eins der MBlaze-Gedichte, die Natalie und ich zusammen geschrieben haben. Es geht so:

Oh Ricky, Chesney, Baz und Dave
Bringt euch in Sicherheit, dann seid ihr safe
Warum fangt ihr immer von den Dates an
Eure Freundinn'n sehn aus wie Satan
Du gewinnst niemals diesen Hammer-Nobelpreis
Fürs Chemiekästen-Zertrümmern auf der Bühne
und so 'n Scheiß
Ständig singt ihr vom Scheitern und Schwächeln
Und lasst euch dann von den Fans anlächeln
Wenn ihr's mit Frauen nicht hinkriegt,
dann zieht doch Leine
Lasst die öden Songs, die bringen euch keine
Wie schafft ihr das bloß mit euren Karrieren
Wir können nicht glauben, was wir da hören
Vielleicht wär 'ne Pause im Bett doch noch viel
toller
Konzerte von andern wärn dann sicher viel
voller

Ich kichere beim Lesen vor mich hin und erinnere mich daran, wie viel Spaß es uns gemacht hatte, dieses Gedicht zu schreiben. Natalie hörte nicht auf, unanständige Wörter einzubauen, und wir mussten sie immer wieder ausradieren, falls unsere Eltern das mal sahen.

Auf der Rückseite des Blattes steht: »Liebe Jessica, dieses Gedicht soll dich für immer an den Tag erinnern, an dem wir MBlaze-Gedichte geschrieben haben. XXXXXXXX«

Und ganz unten steht: »N & J Best Friends Forever. Gilt auch noch, wenn das hier nicht mehr vorhanden ist.«

Ich muss fast weinen, als ich es lese. Der Tag, an dem wir das geschrieben hatten, wie nah wir uns gewesen waren und welchen Spaß wir dabei gehabt hatten – alles ist plötzlich wieder da. Mir wird klar, dass es einfach *unmöglich* ist, mit Natalie nicht wieder richtig befreundet zu sein. Ich habe sie einfach zu sehr vermisst. Alles wird super klappen. Wir werden das schon hinkriegen.

Als ich das Gedicht gerade vorsichtig in meine Schreibtischschublade lege, kommt Ryan herein und will wieder Piraten-Lego mit mir spielen. Er scheint von meinem Hütchen-Bild ziemlich beeindruckt zu sein, denn er sagt: »Darauf sehen die Früchte viel schöner aus als in Wirklichkeit.«

Ich schätze mal, dass ich schon ein bisschen Zeit habe, um mit Ryan Lego-Piraten zu spielen – ich meine, ihm zu helfen, äh, nein, mit ihm zu spielen –, also zieht er los, um seine Sachen zu holen und sie (und sicherheitshalber auch noch Winnie Puuh) in mein Zimmer zu schleppen.

»Also dann«, sagt Ryan zufrieden, als er das Schiff abgestellt hat. »Seit dem letzten Mal ist eine Menge passiert, also bringe ich dich am besten mal auf den neuesten Stand.«

Für Ryan ist das kein Scherz. In seinem Kopf existiert eine ganz eigene Welt. Das ist im Grunde wirklich erstaunlich. Ich meine, natürlich, wenn man es genau nimmt, ist eine Menge davon aus einer Unmenge von Filmen abgeguckt, die er gesehen hat.

Etwas irritiert mich allerdings. »Warte mal, Ryan«, sage ich und zeige auf ein kleines Legomännchen mit gestreiftem Oberteil. Der Erste Offizier, der beim letzten Mal rebelliert und eine rivalisierende Bande gegründet hatte. »Ich dachte, Jimmy war …«

»Das ist nicht Jimmy«, unterbricht Ryan mich.

»Was? Aber natürlich ist er das.«

»Nein. Wir haben noch mal neu angefangen, mit einer ganz neuen Geschichte«, sagt Ryan. »Das ist jetzt Herman.«

»Herman?«, wiederhole ich. Ernsthaft. »Bei diesen Änderungen komme ich nicht mehr mit, Ryan. Jetzt entscheide dich doch mal.«

»Nein«, sagt Ryan und sieht ein bisschen beleidigt aus. »Die andere Geschichte war fertig gespielt. Sie war zu Ende. Wenn sie zu lange dauern, wird es langweilig, und man muss ja auch mal neue Abenteuer erleben.«

Na ja, also gut, vielleicht hat er da recht. Alle Sachen werden langweilig, wenn sie zu lange dauern. Ich meine, denkt doch nur mal an eine Doppelstunde Erdkunde. (Haha, dafür habe ich in Gedanken gerade mit mir selbst ge-high-fived.)

Allerdings, wenn ich jetzt so darüber nachdenke, ist das eigentlich auch genau das, was ich gerade getan habe – eine lange, langweilige Geschichte hinter mir gelassen, damit ich wieder richtig mit Natalie befreundet sein kann.

Und im Grunde waren es ursprünglich Ryan und seine Lego-Piraten, durch die ich auf die Idee mit der Bande gekommen war.

Sollten die Spiele eines Sechsjährigen zum Leitfaden meines Lebens werden? Denn wenigstens einmal, nur ein einziges Mal, würde ich gerne eine Lektion fürs Leben nicht beim Legospielen lernen.

18. kapitel

Jippie! Heute ist Freitag – der beste Tag der ganzen Woche. Heute kann ich in der Schule wieder von vorn anfangen; ein neues Spiel, ohne Altlasten, genau so wie bei den Lego-Piraten meines Bruders. Oder so ähnlich jedenfalls. Ich meine, ich feuere weniger Kanonen ab, das ist klar, aber ihr wisst schon, was ich meine.

Und ich werde selbstsicherer sein. Ich freue mich richtig auf die Schule. Wie seltsam ist das denn?

Ich werde mein geniales Osterhut-Bild einreichen, mit meinem neuen Freund Joshua quatschen und wieder *ganz richtig* mit Natalie befreundet sein. Und wenn irgendetwas Blödes passiert – na und? Anschließend kommen ja auch wieder bessere Zeiten. So ist eben das Leben!

Bevor wir morgens in der Klasse aufgerufen werden, fragt Natalie mich, ob sie mich kurz sprechen kann. Ich folge ihr neugierig in den Flur, und wir gehen um die Ecke unter eine kleine Treppe, wo an Haken unsere Jacken hängen. »Jessica, ich wollte mich gerne noch einmal richtig bei dir entschuldigen«, sagt sie. »Darum habe ich die hier für dich besorgt.«

Sie hat mir ein Geschenk mitgebracht!

»Oh, das wäre aber gar nicht nötig gewesen!«, strahle ich und mache mich über das hübsche pink- und silberfarbene Papier her. Ich finde darin eine kleine Schmuckschachtel. (Und ich habe gar nichts für sie … Andererseits war sie auch viel gemeiner zu mir als ich zu ihr.) In der Schachtel liegt eine silberne Kette mit einem Anhänger in der Form eines halben, auseinandergebrochenen Herzens.

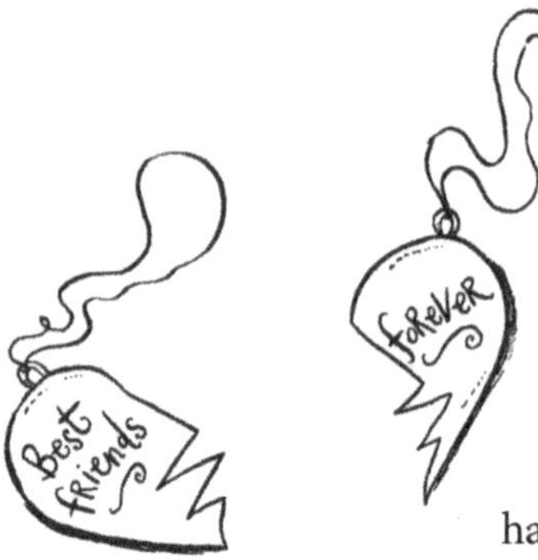

»Sieh mal, ich hab die andere Hälfte«, sagt Natalie und zieht sie unter ihrem Kragen hervor. »Wenn man beide Hälften zusammenhält, ist es wieder ein ganzes Herz, auf dem steht ›Best Friends Forever‹. So sind wir immer die besten Freunde, auch wenn wir mal nicht zusammen sind.« Sie hält ihr halbes Herz an meins und die Zickzacklinien passen genau zusammen.

»Oh, wow!« Das verschlägt mir den Atem. »Ich weiß gar nicht, was ich sagen soll! Natalie, wie wunderschön!« Es fühlt sich an, als müsste ich gleich weinen. Wie albern. Das ist doch ein Moment, um glücklich zu sein. Natalie macht den Verschluss der Kette in meinem Nacken zu und ich bekomme feuchte Augen. Ich finde diese Kette wunderschön. Natalie tritt zurück und betrachtet mich.

»Oh nein, bitte nicht weinen! Sonst fang ich auch gleich an!«, sagt sie, als sie meine Tränen entdeckt. Sie muss blinzeln und wir beide lachen los und reiben uns mit den Händen unsere geröteten Augen. »Oh, Jess, es tut mir so *leid!* Lass uns nie wieder so schlimm streiten!«, ruft sie aus und schlingt ihre Arme um mich.

Plötzlich spüre ich, dass sich zwischen uns etwas gelöst hat, und bin Natalie wieder ganz nah. Ich habe das Gefühl, dass ich ihr alles erzählen kann, jedes Geheimnis. Sie ist meine allerbeste Freundin und sie wird mich verstehen (sogar, wenn ich mal ein bisschen eigenartig bin). Die ganzen schlimmen Sachen sind jetzt endgültig vorbei. Und ich bin ganz sicher, wenn wir das hier gemeinsam durchstehen konnten, werden wir alles gemeinsam durchstehen können.

Außerdem ist diese Kette nur für zwei Leute. Also kann Amelia keine haben, und das heißt, ich bin definitiv Natalies beste, also ihre allerbeste Freundin. Nicht dass das irgendwie wichtig wäre oder so – ich meine, ich fühle mich jetzt eigentlich sowieso viel selbstsicherer. Ich wollte es nur mal erwähnen, mehr nicht.

Als Natalie mich wieder loslässt, machen wir lachend Witze darüber, wie idiotisch das von uns ist, so loszuheulen. Schließlich kriegen wir uns wieder ein und gehen zurück in die Klasse, um uns aufrufen zu lassen.

Ich habe mein Osterhütchen-Bild beim Zeichenwettbewerb eingereicht. Es hängt zusammen mit allen anderen an der Ausstellungswand und sticht irgendwie heraus. Ich hatte nicht darüber nachgedacht, dass die meisten Schüler (a) ein Din-A4-Blatt verwenden würden (meins ist riesig) und (b) dass die meisten Schüler im wahrsten Sinne des Wortes nur einen sehr einfachen braunen Osterhut malen würden. (Meiner ist sehr, sehr bunt. Und voller Früchte.)

Hmmm. Also, einige andere Schüler haben auch noch etwas kreativere Bilder gezeichnet, mit Hasenohren und solchen Sachen, aber meins liegt im Grunde Meilen davon entfernt. Ich bin mir nur noch nicht ganz im Klaren darüber, ob das jetzt eine gute oder eine schlechte Eigenschaft ist.

♥ ♥

Joshua, Natalie und Amelia begleiten mich alle zusammen, als mittags die Gewinner des Wettbewerbs verkündet werden. Amelia versucht wirklich, irgendwie nett zu mir zu sein.

»Welches ist von dir?«, fragt sie.

»Das mit den Früchten.«

»Ach, du meine Güte, da hast du's aber ein bisschen übertrieben, findest du nicht?«, ist ihr Kommentar. (Okay, sie *versucht* irgendwie, nett zu mir zu sein.)

Die Lehrer fangen an, die Schüler auf den zweiten Plätzen, von denen es mehrere gibt, vorzulesen. Harriet VanDerk gehört dazu. Typisch. Dabei ist ihr Hütchen richtig langweilig. Sie hat sich wirklich absolut nichts Besonderes einfallen lassen.

»So, und jetzt kommen wir zu unserem Gewinner«, sagt Mr Scot vorne im Saal. (Natalie drückt meine Hand.) Mr Scot schmunzelt und sagt: »Nun, es kann einfach niemand anders sein, oder? Jessica Morris! Was für ein riesiger Berg Früchte! Komm nach oben, um dir dein Osterei abzuholen.«

Ich habe gewonnen! Ich habe gewonnen! Ich habe alle geschlagen, alle aus der 6P und der 6C! Ich konnte dieses Mal etwas sogar besser als Harriet VanDerk! Oh mein Gott! Ich gehe nach oben und nehme mein Osterei in Empfang, während alle klatschen. Ich glaube, ich habe noch nie zuvor etwas gewonnen.

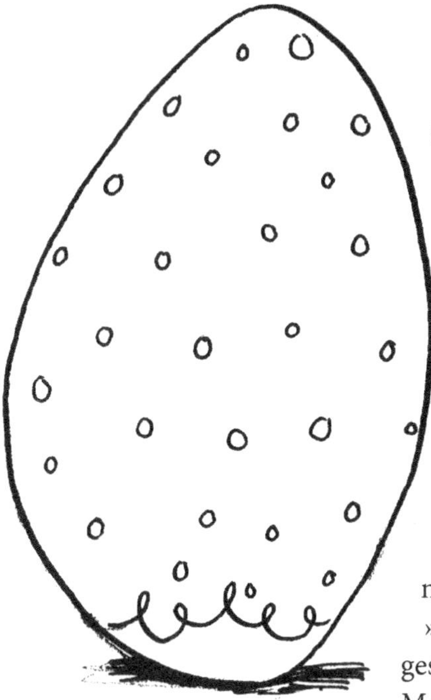

Also so fühlt es sich an zu gewinnen! Ich habe mich das schon immer gefragt, wie es sich wohl anfühlt. Ein gutes Gefühl, muss ich sagen.

Die Leute hören nicht auf, mir zu gratulieren (und mich zu fragen, ob ich ihnen was von meinem Osterei abgebe). Irgendwie verstehe ich jetzt, was alle am Gewinnen so toll finden.

»Siehst du, ich hab's dir ja gesagt, das liegt alles an den Melonen«, witzelt Joshua und klopft mir auf die Schulter.

»Schade, dass es keinen besseren Preis gibt, so was wie Geld oder so«, sagt Amelia.

»Ja«, stimmt Harriet VanDerk zu, die zu uns herüberkommt. »Ich schätze mal, sie gewöhnen dich schon mal daran, dass du als Cartoonist nicht reich werden kannst.« Sie kichert.

»Klar«, sagt Joshua sarkastisch. »Ich denke mal, damit hat auch Matt Groening sein Haus bezahlt, mit Ostereiern.«

»Herzlichen Glückwunsch zum zweiten Platz, Harriet«, sage ich höflich.

»Ja, danke«, sagt Harriet. (Sie gibt das Kompliment nicht zurück.) »Ich muss sagen, ich glaube, du hast ein bisschen geschummelt«, fügt sie aber noch hinzu.

»Was?« Ich bin schockiert.

»Na ja, so ein riesiges Ding voller Früchte? Ich meine, woher sollte man wissen, dass du so was machen würdest? Wenn ich das gewusst hätte, hätte ich das auch gekonnt. Ich dachte, wir sollten einen Hut zeichnen.«

»Das ist schon komisch, nicht?«, sagt Joshua. »Sieht fast so aus, als würde man hier dafür belohnt, dass man seine eigene Fantasie einsetzt.«

»Ja, ganz genau!«, stimmt Harriet spöttisch zu (und kapiert überhaupt nicht, was er eigentlich meint). »Aber glücklicherweise ja nur mit Ostereiern.« Und dann zuckelt sie zufrieden davon.

Oh mein Gott. Ich glaube, ich habe jemanden gefunden, den ich noch mehr hasse als Amelia! Und ich hätte wirklich nie für möglich gehalten, dass das überhaupt geht. Harriet ist beleidigt, nur weil ich besser war als sie.

Obwohl sie sonst immer alles gewinnt, will sie mehr und mehr Preise und kann sich gar nicht für andere freuen. Sie muss sogar so tun, als hätten die Gewinner geschummelt, statt hart zu arbeiten.

Einen Moment lang schäume ich vor Wut, aber dann wird mir klar, dass das wahrscheinlich bedeutet, dass sie in irgendeiner Weise unglücklich ist. Außerdem erinnere ich mich, dass ich ja ab sofort die Dinge positiv sehe, also muss ich mich damit gar nicht beschäftigen.

Als die Schule aus ist, nehmen Natalie, Amelia und ich zusammen den Bus nach Hause.

Ich bin irgendwie ziemlich zufrieden mit mir. Ich meine,

ich weiß, dass Amelia denkt, sie hätte mich besiegt, wegen des Buchstabierwettbewerbs und so, aber ich fühle mich trotzdem als Gewinnerin, weil meine Cartoons so gut ankommen und weil, na ja, in gewisser Weise beide wieder angekrochen gekommen sind und mit mir befreundet sein wollen. (Ich meine, ich weiß, dass das nicht alles ist, was passiert ist. Aber es ist ein Teil von dem, was passiert ist.)

Außerdem ist heute Freitagabend. Wir können also auch noch weiter Spaß haben! Ich gehe jetzt nach Hause, um mich umzuziehen, und dann treffen wir uns alle bei Natalie und gehen zu McDonald's! Das Leben ist wirklich schön.

Als ich zu Hause ankomme, unterhält meine Mutter sich gerade schon wieder über die Hecke hinweg mit den VanDerks.

»Mum! Mum! Ich gehe heute zu Natalie! Das ist doch in Ordnung, oder?«

Meine Mutter zieht neugierig eine Augenbraue hoch, kommentiert aber nicht weiter, wie Natalie so plötzlich wieder in mein Leben getreten ist.

»Irgendwas Neues vom Zeichenwettbewerb?«, fragt Mr VanDerk selbstgefällig und wichtigtuerisch.

»Warum hast du mir denn nicht erzählt, dass du an einem Zeichenwettbewerb teilnimmst?«, fragt meine Mutter und sieht plötzlich ganz resigniert aus.

»Einen Moment, heißt das, Harriet hat ihnen noch nichts erzählt?«, frage ich Mrs VanDerk.

»Oh nein, sie ist noch nicht wieder da, sie ist noch in Mathematik für Fortgeschrittene«, sagt Mrs VanDerk stolz.

»Ach so, ich verstehe«, sage ich. Wow. Diese Familie ist so sehr daran gewöhnt, immer alles zu gewinnen, dass sie völlig selbstverständlich davon ausgehen, dass sie auch jetzt wieder gewonnen haben. Sie haben noch keine Ahnung davon, dass ich Harriet dieses Mal geschlagen habe.

Ich kann mir nicht vorstellen, wie sich diese Art von engstirniger Selbstgefälligkeit wohl anfühlt. (Ganz kurz frage ich mich, ob sich das wohl *gut* anfühlt oder ob es das Leben unvermeidbar ziemlich frustrierend macht.)

»Also? Und? Wie habt ihr alle abgeschnitten?«, bohrt Mr VanDerk nach.

»Oh. Na ja, ich habe gewonnen. Mum, darf ich heute zu Natalie gehen, bitte?

»Entschuldige mal bitte, was hast du da gerade gesagt? Es klang so, als hättest du gesagt, du hättest gewonnen?«, sagt Mrs VanDerk.

Langsam fängt die Unterhaltung an, mich zu langweilen. Ich will mich umziehen und zu Natalie gehen. »Ja, ich habe gewonnen. Ich habe die ganze Sache gewonnen. Ich habe den ersten Preis gewonnen. Ich habe jeden in der 6P und der 6C geschlagen.« (Sie starren mich an).

»Harriet war bei den Zweitplatzierten«, füge ich noch hinzu. »Also, kann ich jetzt bitte zu Natalie gehen?«

»Wirklich?« Meine Mutter klingt etwas ungläubig.

»Ja, sieh mal, das ist mein Preis.« Ich zeige ihnen mein Riesenosterei. »Harriet hat nur ein etwas kleineres bekommen«, tröste ich die VanDerks.

»Oh, gut gemacht, Jessica!« Meine Mutter umarmt mich

ganz fest. »Mum, könntest du mich zu Natalie rüberfahren?«, frage ich.

»Aber natürlich! Weißt du, was, das sollten wir feiern«, sagt meine Mutter. Leise wispert sie mir zu: »Ich wusste, dass ihr beide das wieder hinkriegt, wenn ich es dir selbst überlasse. Mädchen in eurem Alter können ja schon mal ein bisschen komisch sein.« (Was, wie ich finde, (a) albern ist, denn ich habe ja gesehen, dass meine Mutter mindestens einmal versucht hat, sich doch einzumischen; und (b) mein wirklich anstrengendes Bemühen in dieser ganzen Situation völlig außer Acht lässt.)

»Oh, verstehe.« Mr VanDerk wendet sich Mrs VanDerk zu und versucht, ganz locker zu klingen. »Na ja. Es ist ja nur ein Zeichenwettbewerb.«

Meine Mutter löst ihre dritte Umarmung und schaut zu den VanDerks. »Das verstehe ich nicht. Gerade gestern haben Sie doch noch gesagt, es gäbe kein *nur*«, sagt sie. »Sie sagten, eine Leistung sei eine Leistung, und das sei immer etwas, auf das man stolz sein kann. Ich dachte noch, wie wunderbar ergreifende Worte das waren, um Kinder zu ermutigen. Das sollten Sie jetzt wirklich nicht zurücknehmen, man verliert sonst die Orientierung.«

»Oh, nein, nein, natürlich nicht. Es ist … es ist eine Leistung«, antwortet Mr VanDerk. »Absolut. Gut gemacht.« Und damit schlurfen die VanDerks in ihr Haus zurück.

»Mum, du solltest wirklich nicht so angeben«, sage ich, als sie weg sind.

»Ich weiß gar nicht, wovon du sprichst, Liebes«, sagt meine Mutter und führt mich mit einem breiten Grinsen im Gesicht zurück ins Haus.

»Warum ist Mum so glücklich?«, fragt Ryan, als wir hereinkommen. Er und mein Vater sitzen am Küchentisch und schauen uns an.

»Oh, hast du Jess schon die guten Nachrichten erzählt?«, fragt mein Vater.

»Welche guten Nachrichten?«, will Ryan wissen. Irgendwie bekommt man langsam den Eindruck, dass meine Familie dieses Spiel spielt, bei dem jeder jede Frage mit einer Gegenfrage beantworten muss.

»Nun ja«, sagt mein Vater und lächelt. »Ab sofort sind wir nicht länger auf Sparkurs!«

»Jaaaaaaaaaaaaaaaaaaaaaaaaaaaaaa!«, ruft Ryan, springt auf und rennt um den Tisch herum. »Pizza! Pizza! Pizza!«, singt er beim Rennen. Ganz plötzlich bleibt er stehen, als ihm noch etwas anderes einfällt. »*Schokolade*«, haucht er ehrfürchtig. Meine Eltern lachen über Ryan, weil Schokolade für ihn fast etwas Heiliges zu sein scheint. Ich unterdrücke ein Kichern. Er sieht wirklich süß aus.

Ich bin drauf und dran, eine freche Bemerkung darüber zu machen, dass das aber auch Zeit wird, weil wir ja schon fast das Letzte aus dem Topf herausgekratzt haben und bald hätten anfangen müssen, den Topf selbst zu essen.

Aber als ich ihre glücklichen Gesichter sehe, lasse ich es lieber. Sollen sie doch ihren Spaß haben. Außerdem bin ich ja selbst total glücklich – ich gehe heute zu Natalie!

Ah, das Leben ist schön. Ich sitze mit Natalie und Amelia und einem McFlurry bei McDonald's und wir diskutieren über unsere Zukunft. So ganz allgemein. Sie scheinen am liebsten einen Ausflug zusammen mit dem Basketballteam organisieren zu wollen; was aber der Punkt ist: Wir drei werden unsere Zukunft wieder *gemeinsam* erleben.

»Also, sollen wir richtige Einladungen dafür machen?«, fragt Natalie. »Oder wird das die Jungs eher abschrecken?«

»Ich denke mal, Jungs mit Stil würden gut auf Einladungen reagieren«, beharrt Amelia.

Oh mein Gott, ist es das, was sie die ganze Zeit über ohne mich gemacht haben? Diskutiert, ob Jungs schriftliche Einladungen mögen oder nicht? Denn wenn das der Fall ist, dann habe ich wirklich nicht viel verpasst.

»Was denkst du, Jess?«, fragt Natalie. »Was muss man machen, damit die Jungs Lust haben zu kommen?«

»Hmmm … einfach Sachen, die Spaß machen, schätze ich«, antworte ich.

»Na super«, sagt Amelia müde. »Das wissen wir auch. Könntest du vielleicht noch ein kleines bisschen genauer werden?«

»Hmmm … na ja, wie … der Thorpe Freizeitpark oder so was …«, biete ich an.

»Super Idee!«, strahlt Natalie. Amelia sieht beleidigt aus. »Also, ich finde, wir sollten eine Liste mit allen Vorschlägen machen und dann über den besten anstimmen.« (OKAY, bitte, mal ernsthaft. Habe ich die ganze Zeit wirklich nur jede Menge Verwaltungskram verpasst?)

»Ja, wir könnten aber auch Schere, Stein, Papier machen, oder?«, schlägt Natalie vor. (Ja. Tatsächlich. Ich habe nur Verwaltungskram verpasst.)

»Hey, oder wir machen Schere, Stein, Papier, ob wir Schere, Stein, Papier machen sollen«, witzele ich.

»Okay«, sagt Amelia ganz ernst.

Autsch ... Also gut, okay, kann sein, dass ich Amelia immer noch hasse. Aber das macht nichts, weil ich ja Natalie zurückhabe, und später gehen wir zu ihr nach Hause und übernachten bei ihr und sehen uns dann endlich zusammen diesen tollen Film über Dinosaurier an.

Ach, das Leben ist einfach schön.